Markgraf Iron

von

Paul Riedel

Paul Riedel / Markgraf Iron

MIX
Papier aus verantwortungsvollen Quellen
Paper from responsible sources
FSC® C105338

Markgraf Iron

eine etwas andere Geschichte des Bierbrauens im Mittelalter

von

Paul Riedel

Paul Riedel / Markgraf Iron

www.paul-riedel.de

Printed in Germany

Erste Auflage 2022

Bibliografische Information der Deutschen Nationalbibliothek:
Die Deutsche Nationalbibliothek verzeichnet diese Publikation in der Deutschen Nationalbibliografie; detaillierte bibliografische Daten sind im Internet über dnb.dnb.de abrufbar.

Lektorat: Beatrix Osterkamp

Herstellung und Verlag
BoD – Books on Demand, Norderstedt

ISBN: 978-3-7557-0943-5

Vorwort

Mit [1]Sturm und Drang erreichte die deutsche Literatur ab Mitte des [2]XVIII Jahrhunderts einen Höhepunkt ihrer Geschichte.

Selbst wenn man kein Forscher der Fachliteratur ist, sind Schriftsteller dieser Periode wie z. B. Goethe, Schiller und Kant international höchstgeachtete Autoren, die man kennt. Ihre Charaktere und Strukturen beeinflussen Literaturwelt, Theater und Kino bis heute. Bei der Verfassung dieses Buches überlegte ich auch, warum die moderne Literatur dies zum Teil verlor.

Büchernarren waren zu damaliger Zeit wie die Jahrhunderte davor nicht so verbreitet. Auf Lektüre hatten nur wenige Privilegierte Zugriff. Die Anzahl der mit Lesen befähigten Personen stieg stets, und jüngere Autoren brachten durch einen schwer finanzierbaren

1 Deutsche literarische Bewegung.

2 Etwa die Jahre 1765 bis 1785

Weg neue literarische Strukturen und erstaunliche Archetypen hervor.

Diese Strukturen erzielten moralische Werte zu vermitteln. Die Literarische Werke der Sturm und Drang und alles um den 19. Jh. haben immer eine edleren Botschaft. Die Mutter, die sich der Kindeswohl opfert, der Ehemann, der lieber sich opfert, als seiner Familie zu schaden, etc. Die Gesellschaft kannte solche Botschaften nur aus biblischen Erzählungen. Meine Empfindung nach, war die Gesellschaft ziemlich satt von den herablassende Rhetorik des Klerus bei Ende der 18 Jh. und so haben die Autoren das geschickt aufgegriffen.

Wenn man in der Gegenwart von Helden wie Superman, Batman oder Wonder-Woman spricht, kennt fast jeder diese literarischen Gestalten, ihre moralische Einstellung und Vorbildfunktion. Gleiches galt damals für Figuren wie [3]König Salomon, [4]König Etzel, Wieland der Schmied[5] oder die tapfere

3 Hebräischer König des 10. Jhd. v. Chr.

4 Attila König der Hunnen herrschte von 434 bzw. 444/45. Sein Königreich lag im heutigen Ungarn.

5 Meine Fassung wurde im Jahr 2019 publiziert.

Hildegunde[6]. Meine Entscheidung eine Reihe der Heldensagen in moderner Sprache und Anpassung an unsere modernen Gesellschaftswerte neu zu verfassen, wurde erst durch mein Interesse an der deutschen Literatur erweckt, aber auch durch das Erkennen, dass die Gesellschaft eine neue Erweckung benötigt. Insbesondere deren Beitrag zur Welt künstlerischen Schrifttums.

Die Figuren tauchen in etlichen Sagen wieder auf (wie ebenfalls in Comics), und man wundert sich, dass sie in ihrer Originalfassung (teilweise aus dem XI. Jahrhundert) faktisch nicht in der richtigen Epoche benannt werden. Geografische und politische Einheiten stimmten nicht, oder die erwähnten Königreiche waren längst nicht mehr vorhanden (wie zum Beispiel die Babylonier, die vor langer Zeit vom Perser besiegt wurden), als diese in den Werken benannt werden.

Insgesamt betrachtet sind die Heldensagen aus dem Mittelalter, die im XIX.

6 Meine Fassung von Hildegunde mit einer neuen Frauenrolle wurde 2020 veröffentlicht.

Jahrhundert erneut auf Papier gebracht wurden, der Albtraum jeden Historikers. Dennoch spiegeln sie Moral und Mission der ihnen folgenden literarischen Bewegungen.

Erstaunlicherweise wurde das damalige Ziel - am Ende der Barockzeit - durch den heutigen Zerfall der Lesekultur zu einem der zahlreichen Opfer des Internets. Das Interesse am Lesen scheint im Laufe der Corona-Krise wieder erweckt zu sein. Für Lesemüde wurde das Audiobuch erfunden, das, neben seltsamen Multitasking-Verpflichtungen wie SMS lesen/schreiben, U-Bahn nehmen, Frühstücken und sonstigen menschlichen Aufgaben erlaubt, Fragmente aus mühevoll geschriebenen Romanen durch oberflächliches Hören abzugreifen.

Unsere kontemporären Werke sind nach meinem Empfinden von Blut und perfiden Morden überschüttet, weil die Empfindsamkeit der Leser durch den Überfluss an Informationen (und Gewalt) abstumpfte. Klar, die Überbevölkerung mindert in vielerlei Hinsicht die Lebensqualität wie auch das Empfinden, doch dies lässt man besser unausgesprochen. Man vermag kaum, eine Krimiserienfolge zu genießen (wie zu Zeiten von [7]Columbo mit Peter Falk), ohne mindestens ein Dutzend Leichen auf einem Tisch serviert zu bekommen. Absurditäten, die in der realen Welt niemals existieren wie die Polizei-Labore mit hirnrissigen Datenbanken, in denen Profile fiktiver unwirklicher Menschen gefunden werden.

Mit meinem Vorhaben, die deutschen Heldensagen neu zu verfassen, erziele ich, die Prinzipien der Sturm- und Drangbewegung durch eine unterhaltsame Erzählung näher an den Leser zu bringen und möglichst in realitätsnaher Form, so dass jeder dies durch eine angenehme Lektüre nachvollziehen kann.

In der vorliegenden Sage sind die leitenden Themen: Tierschutz, Tierrechte, Frauenrecht und LGBT-Charaktere werden in Szene gebracht. Vergangene Aspekte, wie der Kampf der Hausfrauen und des Klerus um das

7 Amerikanische Fernsehserie

Bierbrauen wurden von mir gründlich recherchiert.

Damals nannte man unverheiratete Männer Misogyn oder Frauenhasser, was faktisch jeder Tatsache entbehrte, aber man beabsichtigte, am Thema Homosexualität aufgrund religiöser Dogmen möglichst nicht zu kratzen. So wie [8]Kant in einer Biografie von 1804 zu verstehen gab, dass er bei Frauen nicht die erwünschte körperliche Liebe suchte oder fand, diese jedoch nie hasste. Das wird hier in meiner Version mit der Figur des Apollonius‘ behandelt.

Ich ergänzte das Szenario, um die Kontinuität der Geschehnisse besser bildlich darzustellen.

Viel Spaß beim Lesen über Deutschlands letzten wilden Wisent und Rache und Fluch des Markgrafen Iron und den verfluchten Ring der Liebe der Göttin Freya.

8 Immanuel Kant, preußischer Philosoph des 18. Jhd.

Zufälle gibt es nicht

Als ich mich entschloss, meine Erfahrungen vom letzten Jahr zu verfassen, war ich unentschlossen, wo das Ganze seinen Anfang fand, und vor allem durfte ich diese Erlebnisse nicht vergessen. Etwas darin schien die Mission meines Lebens zu enthalten.

Ich war frisch von der Universität München auf den Arbeitsmarkt gekommen mit einem Beruf, der wenige Optionen bietet.

Mein Abschluss in Geschichte bot mir eine Lehrerkarriere. Mit Glück könnte ich in einer Zeitung arbeiten. Im Berufsleben könnte ich noch einen Posten als Museumswärter belegen. Ein trauriges Dasein, das man vermeiden sollte.

Ich liebe dieses Fach und suchte an einem Mittwochnachmittag auf einem Jobportal auf meinem Tablet nach Möglichkeiten. Ich saß in einem Traditionscafé der Stadt an der Brienner Straße unter dem Lärm der vorbeifahrenden Autos und schaute gelangweilt auf meinen kalten Kaffee und ein kaum berührtes Stück Kuchen. Ich scrollte die Anzeigen hinauf und hinunter, unentschlossen wie auf einem Dating-Portal.

Der kühle Märzwind blies etwas energischer durch die Straße, und einige Gäste an den Nebentischen holten sich Sitzdecken und jaulten im Chor.

Ich gebe zu, meine Verzweiflung ließ zu, dass ich mich über den Wind so aufregte.

„Olaf!", schrie zum wiederholten Male eine Stimme vor meinem Tisch, und der unerträgliche Duft eines japanischen Frauenparfüms erschreckte mich. Das erste Mal hatte ich diesen Ruf kaum wahrgenommen.

„Ich hasse solche Düfte", dachte ich insgeheim.

Es war eine Kommilitonin, die ich zwar nicht besonders schätzte, aber sie zu ignorieren wäre keine angemessene Reaktion. Sie war an der Universität München für ihre Beziehungen in die Stadtverwaltung allgemein bekannt, und sie abzulehnen, wäre der Garant für ein Leben mit der Rache ihres Tratsches und ihrer Lügen zu verbringen.

„Ich hasse solche Düfte, und wer sie trägt,“ dachte ich ergänzend.

Ich hob den Kopf und versuchte, ein Lächeln zu formulieren, ohne mein wahres Empfinden zu verraten.

„Gerdi. Was für eine Überraschung.“ Ich nickte mehrmals mit dem Kopf und wünschte, unser Gespräch wäre hier zum Ende gekommen, doch sie setzte sich in einem halbwegs graziösen Schwung auf den Stuhl auf der anderen Seite meines Tisches.

„Was für eine günstige Fügung des Schicksals. Ich sprach mit Professor Günaydin ...“, fing Gerdi an.

„Zufälle gibt es nicht“, rätselte ich und überlegte, wieso sie mir nachstellte.

„Du meinst Professor Gudnason“, korrigierte ich etwas irritiert. Sie verwechselte das türkische *‚Guten-Morgen‘* mit dem schwedischen Nachnamen des Hochschulprofessors, seit wir uns kannten. Immer wieder, aber dies schien ihr kaum bewusst zu sein. So ignorierte sie meine

Anmerkung mit einem Wink und sprach ungehemmt weiter.

„Er setzt mich als Projektleiterin für die neue Ausstellung im bayerischen Nationalmuseum ein. Ich wollte Cora als Verfasserin der Schrift über Bringsamen ...“ Ich rang nach Luft und wollte nicht sie anschreien.

„Brisingamen, Freyas Halsschmuck“, korrigierte ich sie erneut. Sie wedelte wieder mit ihrer kleinen Hand und beschwichtigte meine Anmerkung.

„Schatz“, sagte sie laut, um die Aufmerksamkeit der Bedienung zu bewirken. „Auch die Gäste hier wollen etwas trinken. Bringen Sie mir einen Sekt in einem sauberen Glas, ja?“, kokettierte sie herablassend, und der irritierte Kellner entfernte sich, um die Bestellung zu holen und voraussichtlich ins Trinkgefäß zu spucken, hoffte ich.

„Der Professor möchte ein Resümee über die Sage von Markgraf Iron für die Ausstellung haben. Wir haben die Originalmanuskripte digitalisiert, aber Cora ist nicht verfügbar. Ich glaube, sie und der

Professor verstehen sich nicht besonders, oder wer weiß, sie haben sich zuvor viel zu gut verstanden. Aber ich möchte auf gar keinen Fall Gerüchte über Coras Verfehlungen in die Welt setzen.“ Sie gab mir einen bedeutenden Blick und hob ihre rechte Augenbraue, um anzudeuten, dass sie alle etwaigen Fehltritte Coras bestens kannte.

„Das glaubte ich ihr nicht“, war ich mir sicher. Höchstwahrscheinlich hat Cora ihr Angebot verschmäht und ihr dabei klargemacht, wie schäbig sie Menschen ausnutzte. Ich war noch nicht an diesen Punkt gekommen, und um zu vermeiden, mir den Mund zu verbrennen, stopfte ich ein Stück Kuchen in den Mund und schaltete das Tablet ab.

„Ich weiß, dass schwule Männer immer Geld brauchen, und Cora meinte, dass du noch auf der Suche nach Beschäftigung bist. Und als ich auf dem Weg zu Wigard war, sehe ich dich hier sitzen. Hach …“ Sie log, und ich bin mir sicher, dass sie die Originalmanuskripte schlicht nicht lesen kann, und bevor sie alles völlig vermasselt, sucht sie Rettung bei einem Kommilitonen.

Ihre Klassifizierung meiner Orientierung sprach sie aus, als wäre dies ein Geheimnis. Sie schien in ihrer Welt nicht begriffen zu haben, dass kein Mensch sich noch für eine solche Information interessierte.

‚Zizzz, Zizzz' meldete sich mein Handy, und ich las eine SMS von Vater.

Papa meinte darin, dass in seinem Dorf einige Lehrer gesucht werden, und das Leben in München sei zu teuer. Womit er andeutete, dass er nicht gewillt war, mich ein weiteres Jahr finanziell hier zu unterstützen. Ich überlegte nicht lange, und Wigard würde das Angebot von Gerdi garantiert nicht ablehnen, daher war meine Bedenkzeit ziemlich kurz.

„Was muss getan werden?", fragte ich trocken und schlürfte den kalten Café Crema.

Die Bedienung setzte den Sektkelch auf dem Tisch auf einen Untersetzer. Ich überprüfte den Inhalt und suchte vergebens nach Quäntchen seiner Rache. Gerdi runzelte ihre Nase, als wäre sie auch auf der Suche nach

Spuren und entschloss sich, den Inhalt mit einem delikaten Nippen am Glas zu riskieren. Sie hinterließ eine dicke Schicht rosa-violetten Lippenstift auf dem Sektkelch.

„Es ist nur ein Auftrag von fünf Tagen, schätze ich. Du schaust die digitalisierten alten Papiere an, übersetzt etwas, das interessant für die Besucher ist, und zeichnest eine Skizze oder Zeichnung mit dem Text für die sechs Tafeln am Eingang der Ausstellung. Der Professor will den Bezug zu den nordischen Göttern hervorheben. Ich weiß, das ist dein Thema“, fasste sie zusammen.

„Weder Wigard noch Cora kennen sich damit aus. Das weiß jeder in unsere Klasse“, stellte ich in Gedanken fest.

Das Gespräch dauerte an, und ich akzeptierte die Recherche, obwohl mir klar wurde, dass der Auftrag regulär mindestens zwei Monate umfasste. Höchstwahrscheinlich steckte sie das Geld in ihre eigene Tasche, aber es wäre ein Anfang für mich.

Weitere Herabwürdigungen der armen Cora wurden oberflächlich angesprochen, wobei der Wahrheitsgehalt großzügig unbeachtet blieb. Sie bezahlte meine Rechnung und gab mir eine Mappe mit allen Hinweisen für den Auftrag, wobei sie weiterhin behauptete, sie habe sie nur *zufällig* mitgebracht. Da wurde klar, dass sie mir unbestreitbar nachgestellt hatte, weil sie im Bilde war, dass ich eine Einladung ablehnen würde.

*

Wir bekamen zwei Arbeitszimmer in der Staatsbibliothek. Die Originaldokumente der Ausstellung waren in der unteren Etage beim Archivar. Auf einem Tisch stand ein altmodischer Computer, und die Zugangsdaten auf einem Zettel verrieten, wie wenig Gerdi über Datenschutz und Sicherheit verstand.

Auf der Webseite des Projekts fand sich bereits einiges über Brisingamen zusammengetragen. Der Halsschmuck der Freya, die Göttin der Walküren, andere Titel, die ihr zugeschrieben werden, sollten im Foyer der Ausstellung präsentiert werden. Ich versuchte, die Anweisungen des Projekts zu verstehen.

Zwei Sicherheitsmänner saßen am Eingang und ließen mich desinteressiert ein. Eine Archivarin würdigte mich nicht mal eines Blickes, als ich in der mir gezeigten Richtung ging. Allein im Raum, die Kühle des Frühlings drängte sich durch die geschlossenen Fenster, empfand ich ihn als extrem einsam. Dem penetranten Geruch nach zu urteilen, fehlte dem Raum seit mindestens zehn Jahren eine Grundreinigung. Ich wagte nicht, meine Jacke auszuziehen, und nach einigem Suchen auf dem Desktop des Computers fand ich die digitalisierten Dokumente, die ich zusammenfassen sollte. Es waren Originale aus dem XII. Jahrhundert und nicht die versprochene Version des XIX. Jahrhunderts, und es wurde mir wieder klar, warum Gerdi mich ausgesucht hatte.

Die erste Seite war eine digitalisierte Aufnahme des Originaldeckblatts eines handgeschriebenen Tagebuchs. Verzierungen und Runensymbole gaben Auskunft, dass der Autor in den alten Religionen gebildet und höchstwahrscheinlich eine Priesterin des germanischen Gottes Baldur war. Durch die Unterdrückung der katholischen Kirche wurden unzählige Gläubige solcher Kulte gezwungen, ihre Werte unter Symbolen zu verbergen. Ich erkannte darin einen vielversprechenden Hinweis für die Ausarbeitung.

Gut erhaltene Texte in Mittelenglischer Sprache folgten auf digitalisiertem vergilbtem Papier. Sie zogen meine Aufmerksamkeit auf sich, und ich tauchte in die Geschichte einer weiteren Isolde ein. Alle Frauen dieser Sagen haben den gleichen Namen, doch einige nennen sie Elsa.

Verfluchte Männer

Als die Zwerge Alfrigg, Dvalin, Grerr und Berlingr den Halsschmuck Brisingamen anfertigten, war Freya von dessen Schönheit und Perfektion so betört, dass sie deren Wunsch, eine Nacht mit ihr zu verbringen, zustimmte.

Erzürnt über diesen Frevel, befahl Odin, Freya solle zur Buße für ihren sorglosen Umgang mit dem niedrigen Volk der Zwerge Krieg und Elend unter den Menschen Midgards stiften.

So wurde Freya für das Leiden bekannt, das die Liebe begleitet.

Besorgt, weil enttäuschte Menschen Geborgenheit im neuen Kreuzgott suchten, versuchte sie, die alte Religion mithilfe eines magischen Objekts zu retten.

Sie schenkte König Artus Pendragon ihren Ring der Liebe, gefertigt aus den gleichen Fäden wie Brisingamen. Er könne damit das Herz der christlichen Guinevere gewinnen. Ohne den Ring wäre diese unmögliche Beziehung niemals zustande gekommen, und durch diese verriet er - zur Enttäuschung der Göttin - die Gelübde zu den alten Göttern.

Zornig über ihre eigene Naivität, verfluchte Freya Artus und seine Kinder. Sie versprach, dass der Gott am Kreuz tausend Jahre für jeden der Nachkommen von Artus dort leiden würde, bis sie mit Skidbladnir wiederkehrte, der Frachter, der alle Götter transportieren kann. Das Schiff wurde von den gleichen Zwergen gebaut, die Brisingamen anfertigten.

Artus litt zahlreiche Frustrationen mit seiner geliebten Guinevere und starb durch die Hand seines Bastards Mordred. Eine Priesterin der Freya holte den Ring der Liebe vom Finger des toten Artus‘ zurück. Der Göttin Tränen der bitteren Enttäuschung über die Menschen verwandelten sich in Bernstein, als sie auf dem Boden aufkamen.

Mit Artus‘ Tod sahen andere Herrscher eine Gelegenheit, den Thron der britischen Insel zu übernehmen. König Isung mit seinen elf Söhnen war der mächtigste von allen und übernahm den vakanten Platz mit Waffengewalt.

Untröstlich über Artus‘ kurzes Leiden, beobachtete Freya, wie seine Söhne Apollonius und Iron zu König Etzel nach Brandenburg flohen.

Bevor diese das Schiff bestiegen, verwandelte sich Freya in ein altes Marktweib und näherte sich Irons Frau Isolde, ihre Priesterin, und schenkte ihr den Ring der Liebe.

„Weder Zeit, Entfernung oder Reue wird meine Rache je aufhalten. Ihr endet wie euer Vater“, sagte sie, als das Schiff mit Artus‘ letzten Nachkommen am Horizont verschwand.

Herburg

Das Manuskript war in einer zierlichen Handschrift geschrieben, und zum Teil fiel es mir schwer, die Wörter zu entziffern. Ich vermutete, dass der Autor ein junges Mädchen mit Bildung war, was eine Rarität in der gegebenen Zeit darstellte. Ihre Worte waren authentisch und etwas ungeschliffen.

Unklar, ob dies korrekt gelesen wurde, zog ich den großen Computer-Monitor näher zu mir heran und rieb mir die Augen.

Es herrschte weiterhin Stille, und ich freute mich, der Erste im Raum zu sein.

Ich schaute auf die Uhr an der hohen Wand. Mit Erstaunen stellte ich fest, dass kaum eine Minute vergangen war, seit ich mit dem Lesen begonnen hatte. Ich nahm an, dass ich die Einleitung eines Tagtraums erlebte, und widmete mich wieder der Arbeit.

*

Onkel Apollonius konnte nicht lange unbemerkt bleiben, ohne dass meine Mutter Isolde ihn auf seine Situation als ungebundener

Mann ansprach. Ledig[9] und unerfahren, war ein unausgesprochenes Familiengeheimnis, dass er bisher nie von einer weiblichen Person berührt wurde. Mutter meinte sogar, dass er sich nie von einer Frau berühren lassen würde. Dies anzusprechen, könnte zu tragischen Eskalationen führen, und meine Mutter war, sagen wir, biestig herzhaft.

„Apollonius, sei nicht töricht. Ein Mann in deinem Alter müsste längst verheiratet sein und Kinder erziehen. Du bist auch nicht mehr so jung, muss ich wirklich sagen. Alle könnten denken, du seist ... misogyn[10].“ Ungnädig konfrontierte sie den kleinen Mann mit dunklem Haar mit dem Verfall seines Körpers, indem sie ihre Fingerspitze in Apollonius‘ überproportionierten Bauch bohrte.

„Aua!“, schrie er protestierend. Mama verzog ihr Gesicht und stupste nochmals auf seinen Bauch. Sie holte einen Kelch mit noch

[9] Im Christentum behaupteten viele Männer unberührt sein zu wollen, wie der Ritter Parzival. Dies sollte deren Mehrwert zu Gott ausdrücken, weil das eine anderer Art des Zölibats ist.

[10] Frauenverächter

warmem Bier, das sie braute, und ließ diesen leicht schwappend laut auf den Tisch knallen.

„Wie gut, dass wir hier nicht kämpfen müssen. Mit so einer Memme wie du sehe ich mich gezwungen, alle Soldaten des Landes der Reihe nach zu befriedigen, wenn ich überleben will." Sie machte obszöne Handzeichen dabei, um ihre Situation klarer auszudrücken. Mamas Benehmen war nie damenhaft, aber dies schien ihr zu stehen. Ich schämte mich nicht wegen ihr.

„Um Himmels willen. Welcher Mann in Not würde sich an dir vergehen? Wenn jemand von der Kirche erfährt, wie du redest, landest du geteert und gefedert auf dem höchsten Scheiterhaufen auf dem Marktplatz. Wie willst du für dieses Mädchen ein Beispiel sein?", verteidigte sich Apollonius und zeigte mit seinem pummeligen Finger auf mich. Ich zuckte mit den Schultern, um anzudeuten, dass ihn dies nichts anginge.

„Kümmere dich um deinen eigenen Mist", dachte ich mir. Die anderen Mädchen in meinem Alter oder sogar jüngere wurden bei

den Christen mit jemandem verehelicht, noch bevor sie ihre erste Blutung bekamen.

„Meine Tochter Isolde die Schöne ist meine Sache, und du tu etwas für die Familie. Salomons Tochter Herburg ist sehr schön, gebärfreudig, und unser Geld ist auf der [11]Insel geblieben. Wir können nicht immer unter Etzels Joch leben. Vor allem seit Hildegunde und Walther ihn verlassen haben[12], ist er umso unerträglicher und kommt fast jeden Sonntag hier zu uns. Er wird mir zu anhänglich.“ Mama putzte den letzten Schluck Bier aus ihrem Kelch und rülpste laut.

„Was sah mein Bruder an so einem Trampel wie dir?“, errötete Onkel Apollonius.

Mutter war herausfordernd, und oft sagte sie ihre Meinung ohne Rücksicht auf die Konsequenzen.

„Das hier. Genau das, was dir fehlt.“ Sie stand auf, und beide Hände an ihren Hüften schwang sie diese fast vor Onkel

11 Großbritannien

12 Hildegundes Sage von Paul Riedel

Apollonius‘ Nase. Seine Abneigung gegen Frauen wurde in der Familie häufig thematisiert. Meistens lief er rot an, verließ schimpfend den Raum und verkroch sich für eine Weile auf seiner Burg Tyra.

In dem Moment kam mein Vater Iron von der Jagd in den Raum hinein und ertappte Mama Isolde, die belustigt ihre Hüften vor Onkel Apollonius schaukelte. Unsere Haushunde Bonikt und Paron suchten ihre Schlafplätze und mieden den Kontakt mit Vater. Nicht selten bekamen sie Tritte, nur weil sie in seinem Weg standen. Meine Mutter brachte mir bei, die Tiere zu beschützen, da diese den Gott Baldur beschützten. Diese Aufgabe wuchs in mir mit, und seit ich zur Frau wurde, identifiziere ich mich umso mehr mit denen, die keine Stimme zu ihrer Verteidigung haben, als mit den Menschen. Obwohl ich für mich die Religion nicht gefunden habe, betete ich öfters zu Freya.

„Isolde, bitte. Lass den Jungen. Wenn du ihn weiter so triezt, wird er Angst vor Frauen bekommen und sich nie trauen, eine zu heiraten“, sagte er und lachte dann schallend.

Apollonius kauerte auf dem Stuhl und wurde knallrot.

Vater war ein gutaussehender charismatischer Mann. Doch innerlich besaß er einen verdorbenen Charakter, der oft zum Vorschein kam.

„Wir müssen ihn mit der Tochter Salomons verbandeln. Wir haben kein Geld mehr, und unsere Tochter ist noch zu jung zum Heiraten. Tu doch etwas, Mann. Wäre dein Bruder wenigstens ein schöner schwuler Mann, hätten wir mit einem starken Soldaten, der sich für ihn interessiert, Hilfe für die Feldarbeit bekommen, aber nicht einmal das bringt Apollonius zustande." Mama füllte mehr Bier in ihren Kelch und übergab diesen Vater.

Die Luft im Raum war etwas stickig, weil Vater ohne Zweifel seit dem letzten Neumond nicht gebadet hatte, und da er zum Jagen hinausging und nicht zum Fischen war, hatte er nur Trinkwasser dabei.

„Isolde, mein Schatz. Sei nicht so streng zu ihm. Wir sind hier in Brandenburg noch nicht bekannt, und man sieht uns noch mit großer

Skepsis, weil wir von der Insel kommen. Das Volk hier ist sehr misstrauisch und der märkische Dialekt sehr eigen, und wir beherrschen diesen nicht." Iron trank aus dem Kelch und gab Genusslaute von sich.

„Habe ich diesmal gut hingekriegt, häh? Ich habe das Rezept der Nachbarin bekommen. Das ist Grutbier[13] mit Gagel[14] und Sumpfporst, der etwas mehr Rausch gibt", erklärte Mutter, stolz auf ihr Produkt.

„Wenn die Kirche Wind davon bekommt, werden sie dich der Hexerei beschuldigen. Sei nicht zu vorlaut. Die Brüder mögen keine Konkurrenz. Dein umgedrehter Besen vor der Tür draußen ist kein Geheimzeichen mehr. Jeder weiß, wenn du deinen Besen draußen auf den Kopf stellst, gibt es frisches Bier", warnte Vater.

„Wenn dein Bruder nicht heiratet, dann kann er für mich arbeiten. Ich bin die Einzige hier, die eigenes Geld hat", versuchte Mutter, die

13 Mittelalterliche Variante des Biers mit Milchsäuregärung

14 Auch als Talgstrauch oder Talgbaum bekannt.

Kontrolle der Familie wieder zu übernehmen, aber das ging schief. Vater schlug heftig mit dem Handrücken zu, sie taumelte rückwärts und fiel auf den Sessel neben der Kochstelle unseres Hauses. Das Mobiliar war nicht mehr so fest wie zu der Zeit, als wir nach Brandenburg kamen und brach krachend zusammen. Mutter stand mühsam auf. Ihr Gesicht war blutig, und Zorn funkelte in ihren Augen. Sogar in dem schummrigen Licht war dies zu sehen. Ich zuckte, denn jedes Mal, wenn er seine Nerven mit Mutter verlor, schlug er um sich, und ich bekam einige Schläge, obwohl ich kaum meinen Mund aufmachen konnte. Bonikt rollte sich auf seinen Platz neben dem Sessel und versuchte, hinter Paron zu verschwinden.

„Du Hund, du Elender. Irgendwann wird es das letzte Mal sein, dass du mich schlägst", schrie sie unter Tränen.

„Hab dich nicht so. Bring mir etwas zu essen und geh dich waschen. Du riechst nach dieser Wurzel und bist besoffen", warf mein Vater ihr vor.

„Du hättest etwas Besseres heiraten sollen. Sie kann ohnehin nicht mehr gebären, und einen Jungen hast du nicht“, fügte mein Onkel hinzu.

„Wenn sie nichts mehr taugt, kann ich eine Jüngere zu mir holen, aber du brauchst wirklich eine Braut. Sogar Herzog Hache hat sich jetzt ein jüngeres Ding auf seine Burg geholt. Ob er sie heiraten wird, ist noch nicht klar, aber das ist eine Drachenfels-Tochter. Bolfriana heißt sie. Man sagt, sie sei sehr charmant, aber noch zu dünn.“ Vater trank mit Genuss das Grutbier. Das Gesetz in Brandenburg lag unter der Hand des römischen Klerus, und die Frauen fürchteten um ihre Existenz.

Meine Mutter schien zu resignieren. Es war nicht selten, dass Ehefrauen durch die Schläge ihrer Männer starben, und die Kirche des Kreuzgotts erlaubte dies, weil sie meinten, nur gehorsame Gattinnen seien gut.

Der junge Waldemar, der Teil der Mannschaft von Burg ist und aus einer edlen Familie stammt, ist ziemlich heiratslustig.

Laszives Glotzen oder beiläufige Bemerkungen ließen mich dies kaum übersehen.

Ich versprach mir jeden Tag, keinen Mann zu heiraten. Die Aussichten für Frauen waren nicht erfreulich, und Gerechtigkeit gab es für uns nicht. Die Priester waren wegen dem bisschen Latein kaum erwähnenswert, und die meisten konnten gar nicht lesen. Daher war deren Interpretation des heiligen Buchs zweifelhaft und immer zum Vorteil des lokalen Klerus‘ ausgelegt.

Während meine Mutter das Essen servierte, kam eine Dienerin unseres Hofs herein und räumte die Reste des gebrochenen Stuhls weg. Sie senkte ihren Kopf, um nicht gesehen zu werden. Bonikt folgte ihr hinaus, und als Paron merkte, dass er allein war, eilte er beiden nach.

„Isolde hat Recht, Apollonius. Eine Hochzeit wäre für uns alle keine schlechte Lösung. Du brauchst eine Frau, wir brauchen Geld. Die Tochter Salomons würde uns auch helfen, Anspruch auf das Nachbarland geltend zu machen, und wenn ihr Vater plötzlich deren Gott wieder trifft, erben wir das Land ohne

Kampf oder Mühe.“ Iron kämmte sich den Bart mit den Fingern. Sein Gestank war unerträglich, aber wir lernten, die Nase einzusalben und uns mit Kräutern zu parfümieren, um den Geruch der Männer abzuwehren. Allerdings musste gegen die Dünste meines Vaters noch ein Kraut wachsen.

Mutter blutete etwas, ich sah ihr Gesicht über der Feuerstelle. Ihre Lippen bewegten sich lautlos, parallel rührte sie das Grutbier, und ihre Augen schienen Flammen zu sprühen. Der Ring der Freya schimmerte im Dämmerlicht, und eine unangenehme Wärme erfüllte den Raum. In diesem Moment verfluchte Mutter mit ihren Gebeten meinen Vater umso mehr.

Sie brachte mir die Verehrung der nordischen Götter bei, und ich wurde Gefjun[15] und Baldur gewidmet. Ich hoffte, dass mir dadurch die Ehe erspart bliebe, da Gefjun als Göttin der Tugend nur von Jungfrauen umgeben ist.

15 Auch als Seherin der nordischen Mythologie bekannt, kamen alle toten Jungfrauen in ihren Raum, weshalb sie die Göttin der Tugend genannt wird.

Kaum zwei Tage, nachdem Mutter eine Ehe mit Herburg vorschlug, waren Apollonius und mein Vater aufgeregt bei den Vorbereitungen für einen formellen Antrag. Sie ließen vom Hauspersonal, das König Etzel für uns zur Verfügung stellte, einen Wagen mit Köstlichkeiten aus unserem Lehen beladen.

Sogar das neue Grutbier meiner Mutter wurde in ein Fass gefüllt, der sechskantige Stern als Zeichen der guten Qualität des Biers aufgeprägt, und zwei Schweine mit Schleifen um ihren Hälsen wurden in den Wagen geladen. Ich folgte den Befehlen, ohne meinen Kopf zu heben, und Mutter murmelte weiter ihre Gebete. Paron und Bonikt folgten mir und lugten misstrauisch in Richtung Iron. Seit dem letzten Mal, als mein Vater Mutter schlug, hatte sich etwas an ihr verändert. Sie schaute ihn nicht mehr mit Sorge oder Liebe an. Er ignorierte uns, und so merkte er kaum, was um ihn geschah. Für Iron waren nur Jagen und Eroberungen wichtig. Aus Angst vor dem Fluch der Freya zwang er meiner Mutter keine weitere Schwangerschaft auf. Die

Verwünschung besagte, dass er durch seine Nachkommen umkommen würde. Daher mied er, einen Sohn zu zeugen. Durch seine Freundschaft mit der örtlichen Kirche versuchte er, das Volk der Region von unserer überlegenen adligen Position zu überzeugen und hoffte auf eine bessere Akzeptanz.

Der beladene Wagen wurde von zwei Rössern gezogen, und die besten Männer, Nordian und Waldemar, unseres Hofs führten ihn zu seinem Ziel.

Nordian ist groß und muskulös, jedoch bereits ein sehr alter Mann. Einige behaupten, dass er weit über vierzig Jahre alt sei. Genau wusste dies aber keiner.

Stappi und Sturrt waren Nordians Hunde. Ich pflegte sie seit ihrer Geburt. Sie waren Söhne von Paron und Bonikt. Durch meine Aufgaben für die Göttin Gefjun segnete ich auch sie und tat alles, damit sie gut lebten. Sie sprangen mutig im Wagen nach Nordian und schauten mich respektvoll an. Paron machte auf sich aufmerksam, und ich streichelte sie.

„Keine Sorge, meine Liebe, Baldur und ich werden dich beschützen“, sagte ich.

Wir beherrschten mittlerweile durch den Handel mit Bier den regionalen Dialekt, und viele der Arbeiter in unserer Mark fürchteten den Zorn meines Vaters und mieden jeglichen Kontakt. Darum waren Mutter und ich die Ansprechpartner für alle Unannehmlichkeiten in der Mark.

Sie zog sich mehr zurück und verbrachte viel Zeit vor dem Altar der Göttin Freya oder beim Brauen ihres Grutbiers. Sie murmelte entschlossen und zeichnete am Ende jeden Spruchs Runen in die Luft.

„Mama, für was betest du jetzt?“, fragte ich voller Neugier. Ich war keine gute Priesterin, und meine Überzeugung zu den Göttern musste laut Mutter gestärkt werden.

Ich setzte mich neben sie und versuchte, die Wörter zu hören, die sie in der alten Sprache murmelte, aber ich verstand nichts. Schriftliche Überlieferungen wie die Mönche hatten wir extrem wenig.

„Das Leben ist für uns im Land des Kreuzgotts gefährlich, und wenn ein Mann seine Frau nicht mehr will, geht er zur Kirche, bezahlte den Priester und verlangt, diese - seine Frau - als Hexe zu verbrennen, damit er ohne Scheidung eine Neue heiraten kann.[16] Wir haben per Gesetz seit einiger Zeit hier die volle Abhängigkeit von unseren Ehemännern. Dein Vater droht mir seit Langem mit solchen Sprüchen." Sie nahm ihren Ring vom Altar und steckte ihn auf den Ringfinger der linken Hand.

„Denkst du, dass er sowas Abscheuliches machen würde?", fragte ich angewidert.

„Wir sind hier in diesem Land nicht mehr wert als das Vieh, das sie als Geschenk zu Salomon gesendet haben. Die Priester schauen mich komisch an. Ihnen gefällt nicht, dass man lieber mein Bier kauft als deren. Ein Wort von deinem Vater und ich lande auf dem Scheiterhaufen, die Priester würden gerne eine Konkurrentin weniger in der Stadt haben. Mein Grutbier verkauft sich gut." Ihre Augen glänzten

16 Decretum Gratiani, XII. Jhd.

von unvergossenen Tränen, die nicht herauskommen wollten.

„Lüfte den Raum. Der Gestank deines Vaters und seines Bruders muss aus der Kammer raus“, sagte sie, wobei sie mühsam aufstand.

Zum ersten Mal bemerkte ich den mehrfarbigen Glanz des Rings der Liebe und wie er mich in seinen Bann zog.

Am nächsten Tag kamen Nordian und Waldemar mit dem leeren Gespann zurück. Stappi und Sturrt sprangen aus dem fahrenden Wagen hinunter und begrüßten mich. In den Gesichtern der Männer war eine Mischung aus Enttäuschung und Angst zu sehen. Die Hunde verschwanden, wie eine Meute hinter der Hütte, vorahnend, dass etwas explodieren würde.

Man musste kein Hellseher sein, um zu erraten, dass es auf Salomons Hof alles andere als gut ablief.

„Iron“, rief Waldemar laut vom Hofeingang .

„Er ist nicht da. Halt die Klappe. Wir können ihn später ansprechen.“ Nordian gab Waldemar Zeichen, dass er diskreter sein solle.

Der kühle Märzwind blies gnadenlos und ließ die Mäntel der Männer und ihr langes dunkles Haar wehen. Sie waren weit größer und weitaus muskulöser als die Kerle meiner Heimat. Obwohl ich keinen Mann heiraten wollte, wurde mir bewusst, dass ich nichts gegen deren Körpernähe hatte. Aber nur einer, der Tiere respektiert, wird mein Herz gewinnen können. Waldemar besaß keinen Hund, was ihn für mich als Eheanwärter disqualifizierte.

„Bring den Wagen zum Stall. Ich muss mit Iron in Ruhe sprechen“, befahl er, der nicht so beachtenswert wie Nordian war, aber ein attraktives Gesicht besaß. Nordian übernahm die Aufgabe und fuhr den Wagen weg. Es war leer im Hof. Ich holte in diesem Moment Wasser aus dem Brunnen und betrachtete diskret das Geschehen.

„Waldemar, was für eine Freude“, begrüßte ihn mein Vater, der vom hinteren Gelände unseres Hofs kam.

Waldemar senkt den Kopf und ging auf Vater zu. Er trug keine Hosen, aber einen Rock wie die Männer im Norden meines Geburtsorts. Seine drahtigen Haxen waren mit Fell umrandet, damit die Kälte ihm nicht zusetzte. Der Blick auf seine haarigen Beine und strammen Muskeln ließ mich zusammenzucken. Ich versuchte, aus der Entfernung seinen Duft wahrzunehmen und fragte mich, ob Gefjun mich für diesen Frevel verachten würde.

„Keineswegs, Iron. Salomon hat die Geschenke zwar gerne angenommen, aber er sagte klar, dass Herburg keinen Fremden heiraten wird.“ Die Wörter kamen mutlos aus seinem Mund, und er klang fast witzig, da er so groß, aber gleichzeitig so resigniert war, als wäre er ein unerfahrener Schauspieler.

„Fremder?“, protestierte mein Vater.

Waldemar schaute zu Boden und suchte nach einem passenden Ausdruck. Trotz unseres langen Aufenthalts in Brandenburg wählten alle Einheimischen die Wörter mit Bedacht, die sie für uns verwendeten. Das Volk in der Region hatte bereits aus Furcht vor der Kirche die alten

Götter verlassen, was uns umso mehr erschwerte, uns dort zu integrieren.

„Versteh doch, Iron, Salomon wünscht sich eine Verbindung mit einem mächtigeren Haus der Region, wo ein Einheimischer herrscht. Du bist nur ein [17]Jarl. Ich denke, er würde gerne mit Herzog Hache in Verbindung gehen.“ Waldemar tastete sich in seiner Argumentation vorsichtig heran und passte auf, dass mein Vater sich nicht allzu sehr aufregte.

„Hache? Höre ich richtig? Er ist auch nicht aus der Region, und er ist, sofern ich weiß, verheiratet oder heiratet bald eine Tochter des Hauses Drachenfels“, sagte mein Vater, erstaunt über diese Ausgrenzung.

„Das ist kompliziert. Er bemängelte, dass Apollonius nicht mal selbst das Geschenk überbrachte. Man erwartet hier in dieser Region, dass ein Mann sich selbst zu Wort meldet. Ich kenne die Gebräuche deines Herkunftslands nicht, aber hier ist es nun mal

17 Synonym für Markgraf

so, wie es ist.“ Vater hob seine Hand und Waldemar schwieg.

„Du hast Recht. Ich habe das übersehen. Ich muss meinen Bruder hinbringen und den schlechten Eindruck geraderücken. Du hättest mich warnen sollen.“ Vater schrie den letzten Satz und versetzte Waldemar einen Fußtritt. Waldemar lief schnell weg und sah kaum, wie Irons Fuß ihn verfehlte. Diese blinde Gehorsamkeit und Unterwürfigkeit waren Merkmale, die ich an keinem Mann schätzte.

Kurz darauf kam mein Onkel Apollonius, begleitet von seinem besten Kumpel Truchsess heraus. Er latschte langsam und schob seinen Bauch dabei hervor, wobei er versuchte, gerade zu stehen.

„Was bietet Salomon uns an?“, fragte er naiv und leicht herablassend.

„Nichts. Er will keine Fremden in seiner Familie haben.“ Mein Vater besaß die Gabe, alles zu dramatisieren und Menschen in seinen Bann zu ziehen. Er wäre ein ausgezeichneter

Priester des Gottes Loki[18]. Mein Onkel gab sich empört und schob seinen Bauch noch weiter vor.

„Er wird das bereuen. Wir holen seine Tochter mit Gewalt her. Du hast gute Männer, die kämpfen können, und Etzel wird uns nicht enttäuschen“, munterte Apollonius seinen Bruder auf.

„Rechne nicht damit. Ich habe bereits alles gejagt, was unser Land hergibt, daher können wir mit Leder kein Geld mehr machen. Gold haben wir nicht, und Isolde versteckt ihr Geld sicher vor uns. Das Weib ist respektlos, aber du musst zugeben, sie kann besser Probleme lösen als wir.“ Ich bewegte mich weiter hinter dem Heuhaufen, um nicht bemerkt zu werden, und band mit blutigen Fingern einen neuen Besen.

„Warum nimmst du dir nicht ein jüngeres Weib, das dem Kreuzgott folgt? Sie sind gefügiger und würden dir das Geld für das

18 Tricksergott, Herr über Lug und Betrug; wurde von Odin adoptiert, bis er Baldur tötete. Unter seinen vielen Sondermerkmalen ist er auch Hermaphrodit, Vater und gebärender Vater des Wolfes Ferin, der Schlange Midgard und der Todesgöttin Hel.

Bierbrauen geben. Zusätzlich wären sie mit den Priestern in Frieden. Ich befürchte jeden Tag, dass einer herkommt, um sie der Hexerei anzuklagen. Keiner in der Stadt mag sie“, tratschte mein Onkel. Das war absolut boshaft von ihm. Mutter und ich waren beliebter als beide Männer, wir können lesen und schreiben und sprechen märkisch gut genug, um Freundschaften zu schließen.

„Jedoch alle mögen ihr Grutbier. Alles zu seiner Zeit.“ Vater hob seinen Finger, damit mein Onkel schwieg.

„Du da. Geh deine Mutter holen, anstatt hier fremdes Gespräch zu horchen. Wenn du dein Maul bei Isolde aufreißt, ist dein Ende nahe“, schrie mein Vater mir nach, während ich ins Haus rannte, um Mutter zu holen.

Ich berichtete ihr von Onkel Apollonius‘Intrigen, und sie lief mit den Fäusten in den Hüften hinaus. Beide Männer beobachteten ihr Kommen mit einer Mischung aus Respekt und Neid.

„Ich muss euch wieder helfen?“, fragte meine Mutter empört.

„Es war deine Idee, Apollonius mit Herburg zu vermählen. Wegen dir sind wir in diese peinliche Lage geraten. Die Priester haben Recht, Frauen sollen nur schweigen.“ Vater war nicht sanft mit Vorwürfen, und seine Füße traten weiter in Richtung meiner Mutter, die diesen geschickt auswich.

„Wehe, wenn du mich trittst, wirst du etwas erleben“, drohte sie zurück.

„Ich sage es dir. sprich mit den Priestern und sage dich von ihr los. Sie ist bestimmt eine heidnische Hexe“, befeuerte mein Onkel die Situation.

„Du bescheuerter Molch. Wir sind alle Heiden. Wir kommen von einem Stamm, der Wotan und Freya anbetet. Denkst du, wenn die Kirche könnte, würden sie uns nicht von hier verbannen? Iron, mich kannst du wegschicken, aber die Dummheit deines Bruders wird dich wie ein Fluch fürs Leben verfolgen.“ Mutter lief rot an und wanderte ins Haus hinein und in Richtung ihres Altars.

Sie blieb davor stehen und sprach ein unverständliches Gebet. Dann legte sie ihre Hand auf die Statuette auf dem Kamin.

„Fahrt nach Salomons Hof und bittet um einen Besuch. Entschuldigt euch für das unangekündigte Geschenk und nehmt meinen Ring der Freya mit. Aber zeige Herburg meinen Ring nur als allerletzte Lösung. Sein Zauber ist stark, und wenn Apollonius ihr den Ring zeigt, wird sie ihm verfallen sein. Und denkt daran: Jede Magie der Göttin fordert ein Opfer, und ihr seid wegen eurem Vater verflucht. Lass den Ring im Beutel und fass ihn nicht an“, warnte sie. Sie hob ihre Augenbrauen, um ihrer Warnung noch mehr Eindruck zu verleihen, aber keiner interessierte sich für ihre Drohung.

„Weib, hör damit auf. Die Mönche jagen alle, die sich für die alten Religionen interessieren, und gerade du mit deiner Konkurrenz zu den Mönchen, mit deinem Gesöff solltest sehr vorsichtig sein. Du bringst uns alle auf den Scheiterhaufen“, protestierte Apollonius.

„Schweig, Bruder. Isolde kennt sich aus, und ich vertraue ihrem Rat. Sie mag eine Säuferin ohne Manieren sein, aber ich würde versuchen, ihrem Rat zu folgen“, sagte Iron, als habe er die Weisheit gepachtet und ignorierte dabei Mutters Anwesenheit.

Diesmal fuhren nur Iron und Apollonius zu König Salomon. Alle anderen Männer blieben mit uns auf dem Hof. Unsere Hunde liebten Ausflüge, aber keiner wollte Vater oder Onkel je begleiten. Es war so, als würden sie die Rache der Götter an beiden Männern spüren.

Als der Wagen zum Hoftor losfuhr, begann es zu regnen. Bonikt und Paron kuschelten sich an mich. Ich schloss das Fenster mit dichter gewebtem Stroh und beobachtete, wie meine Mutter von der anderen Öffnung hinter den zwei Gestalten, die im grauen Regen verschwanden, Runen in der Luft zeichnete.

Den Regenschauern folgten Windböen und Überflutungen. Brandenburg ist mit Sümpfen bedeckt, und Regentage sind hier selten gute Vorboten.

Wie ich später durch Erzählungen meines Vaters hörte, wurden sie auf Salomons Hof freundlich empfangen. Über die Ablehnung des

Angebots unserer Boten wurde geschwiegen, und alle heuchelten so, als würden sie sich zum ersten Mal begegnen. Eigentlich war es auch das erste Mal, dass sie sich trafen, jedoch wurde zuvor viel über uns in der Region gesprochen.

Man verlangte diplomatisch, dass beide Männer badeten, und Vater prahlte über die Freundlichkeit der Damen von Salomons Hof, die sich um sein Bad kümmerten.

„Sie schaute meine Männlichkeit an, als hätte sie nie zuvor Schöneres gesehen", sagte er ohne Scham oder Rücksicht auf uns. Mutter rollte mit den Augen und versuchte, ihren Hohn zu kaschieren.

Tatsächlich rochen sie nicht mehr so streng und kratzten sich nicht, als hätte sie die Krätze geplagt.

Jedoch Onkel Apollonius kam betrübt zurück. Er berichtete von seiner Begegnung mit Herburg nicht mit der von meiner Mutter erwarteten Freude.

„Rede doch. Ist sie hässlich? Hat sie keine Zähne mehr?" Mutter stupste ihn mit dem

Finger und versuchte, ihn aus seiner Apathie herauszulocken.

„Oh nein. Sie ist schön und sehr damenhaft. Sie wäre eine Bereicherung dieses Hauses. Anfangs schaute sie uns kaum an und wenn doch, machte sie Witze und tuschelte mit ihrer Mutter. Aber ich fühlte mich unwohl mit dem Ring an meiner Hand. Als ich ihn unterwegs aus meiner Tasche holte, funkelte er in allen Farben, und es schien, als würde eine Stimme mich rufen. Ich wollte ihn wegwerfen, da mir unheimlich wurde, aber andererseits fühlte ich, als wäre ich in den Ring verliebt.“ Ein leichtes Zittern seiner Stimme veränderte den Gesichtsausdruck meiner Mutter ruckartig. Sie sah nicht mehr aus, als würde sie einen Witz machen, sie sah nicht lustig oder garstig aus: Sie wurde ernst.

„Ich sagte doch, den Ring nicht aus dem Beutel nehmen“, tadelte sie ihn.

„Ich konnte nicht. Ich hörte diese Stimme ständig an meiner Seite. Ich begegnete Herburg, und Salomon gab uns keine Möglichkeit privat miteinander zu reden“, sagte mein Onkel.

Vielleicht konnte ich nie etwas hören, weil mein Glaube an die Götter noch nicht gefestigt war.

„Hast du ihr den Ring nicht gezeigt?“, fragte meine Mutter aufgebracht.

„Hör erst mal seine Geschichte an und unterbreche ihn nicht. Ich will mich auch nach der langen Fahrt hinlegen“, monierte mein Vater und ließ einige Winde von sich, die besser nach draußen gehörten.

„Kurz bevor wir uns dort zu Bett legten, verabschiedete ich mich zuerst von den Damen des Hauses. Ich gab jeder meine Hand, wie es hier Usus ist. Als ich Herburgs Hand berührte, rollte der Ring fast von allein auf ihren Finger. Es war wie Zauber. Ich hätte beinahe einen Schreckensschrei von mir gegeben.“ Seine Augen erfassten die Leere, wo er das Geschehen wiederzugeben versuchte.

Es blieb einige Sekunden zu lang lautlos im Raum, und wir warteten, dass er weiter erzählte.

„Rede, verdammt“, protestierte Mutter.

„Herburg erschrak, aber als der Ring sich um ihren Finger zu wickeln schien, schaute sie mich bezaubernd an. Sie beteuerte, wie sehr es ihr leidtat, dass wir uns bereits so früh hinlegen würden. Sie zeigte ein Verlangen nach mir, das ich spüren konnte. Sie sah aus, als würde sie sich nach meiner Anwesenheit und Liebkosung zehren. Das ist mir nie zuvor passiert. Ich wusste nicht, was ich tun sollte“, gab Onkel Apollonius mit einer gewissen Freude zu.

Ich bin überzeugt, dass er sich das eingebildet hat. Bei einem Vergleich zwischen Waldemar und ihm vermochte ich mir keine Frau vorstellen, die sich für ihn begeistert hätte.

„Wir legten uns schlafen. Die Nacht war dunkel, und ich zitterte vor Furcht vor der scheinbar unkontrollierbaren Macht des Rings, die um mich herum wirkte. Am nächsten Morgen hatten die Stallburschen unseren Wagen bereit für unsere Abfahrt. Ich dachte, dass Salomon uns zumindest beglückwünschen würde, aber er war unfreundlich und abweisend.

Wir fuhren langsam in Richtung Ausgang, als plötzlich Salomons Frau und Herburg hervortraten, um uns freundlich zu verabschieden.“ Apollonius machte eine Pause und zeigte mit dem Finger, dass er mehr zu trinken brauche. Meine Mutter servierte rasch und munterte ihn auf weiterzusprechen.

„Herburg gab mir einen Apfel“, sagte er endlich.

Mutter hob ihre Hand vor den Mund, und dann platzte sie in Gelächter aus.

„Kein Zauber der Welt kann deine Pferdefresse schöner machen. Sie wollte dich füttern.“

Ihr Lachen wurde abrupt mit einer Schelle meines Vaters beendet.

„Beweg dich dahin und mach uns etwas zu essen“, befahl er.

„In dem Apfel steckte diese Notiz“, Apollonius zeigte den Zettel.

„Was schaust du so blöd? Lies für deinen Onkel. Er kann nicht lesen“, schrie Vater mich an. Meine Mutter rührte den Eintopf, doch nahm sie weiterhin an der Diskussion teil. Die Gelegenheit, ihren Mann mit seinen Einschränkungen zu konfrontieren, wollte sie nicht verpassen.

„Sie schaut dich blöd an, aber wenn jemand hier blöd ist, sind es du und dein Bruder, die bisher nicht lesen können.“ Mutter protestierte, zuckte gleichzeitig und bewegte sich zum Tisch, um zu servieren.

„Wir verstehen den Dialekt hier nicht“, widersprach Vater.

„Auch das“, fügte Mutter hinzu.

Ich holte die Notiz, faltet sie auf und sah, dass ein Stück von dem Strohpergament abgebissen wurde. Ich schaute zu meinem Onkel, und er verstand, dass ich wissen wollte, was damit geschehen war.

„Was guckst du so blöd? Der Zettel war in der Mitte des Apfels. Ich habe damit gespielt und geprahlt, wie sehr Herburg von mir beeindruckt war, und habe so einen Teil des Zettels abgebissen. Als ich den komischen Geschmack von Papier und Tinte spürte, ließ ich den Apfel fallen. Dieser zerbrach in der Mitte, und da habe ich gemerkt, dass Herburg mir eine Geheimbotschaft gegeben hatte. Wie sollte ich wissen, dass Frauen auf so dumme Ideen kommen? Zettel in einen Apfel? Häh? Das abgebissene Stück des Zettels habe ich geschluckt", sagte er, als wäre dies ein normaler Vorgang. Ich könnte bestens verstehen, wenn Mutter behauptete, dass Apollonius *Papa* zu seinem *Onkel* sagte[19].

„Nun? Was stand auf dem restlichen Zettel?", fragte Vater.

„Sie schreibt, dass sie sich in dich verliebt hat und von dir entführt werden will, aber ohne ihrem Vater zu schaden. Mehr kann ich nicht lesen. Du hast den Rest aufgegessen", finalisierte ich mit einem unterdrückten Lachen.

„Dein Vater soll aus seinem Arsch den Rest des Zettels herausfischen", sagte Mutter und lachte, während sie den Eintopf für sich selbst servierte.

„Friss selbst den Mist. Ich fahre nach Tyra und bereite mich vor, eine richtige Frau ins Haus

19 Volksspruch, der Inzestkinder beschreibt.

zu holen. Du hättest dieses Weib mit dem Kind aussetzen sollen, wie es hier Brauch ist für Weiber, die sich nicht fügen.“ Onkel Apollonius spuckte als Zeichen seines Ekels gegenüber meiner Mutter auf den Boden. Sie stellte ihren Schuh darauf und hob ihr Kinn zum Kampf herausfordernd vor.

Er verließ uns, und Mutter wurde wieder verdroschen. In der Nacht, während Vater noch im Rausch des Bieres schlief, saß Mutter vor der Statuette der Freya und bewegte ihre Lippen in lautlosem Gebet. Nur ein Satz kam mir zu Ohren, kurz bevor ich einschlief.

„Weder Zeit, Entfernung oder Reue wird meine Rache je aufhalten“.

*

Mein Bildschirm flackerte, und die Seite, die ich am Lesen war, verschwand hinter einem grünen Hintergrundbild.

„Verfluchte“ schrie ich und merkte, dass der Raum mittlerweile voll mit meinen Kollegen war. Verlegen entschuldigte ich mich und tat so, als hätte ich deren vorwurfsvolle Blicke nicht gemerkt. Der penetrante Duft des japanischen

Damen-Parfüms brachte mich fast zur Bewusstlosigkeit.

„Aus welchem verdorbenen Fisch wurde das gebraut?“, fragte ich mich in Gedanken.

„Ach wie toll, dass du schon da bist. Bitte unterschreibe die Auftragsannahme. Ich muss damit zum Professor gehen, damit er die Mittel freigibt, damit du etwas Besseres zum Anziehen hast.“ Gerdi gab sich aufmerksam und schaute auf meinen Bildschirm. Ihre Bemerkung über meine Klamotten ignorierte ich und versuchte, ein fröhliches Elfengesicht zu präsentieren.

„Wie weit kommst du mit dieser Software?“, fragte sie.

„Wir benutzen keine Software. Die eingescannten Seiten sind als PNG-Dateien[20] abgespeichert, und ich habe den Eindruck, dass die Grafikkarte die Menge an Daten nicht packt“, fasste ich meine Situation zusammen. Gerdis Gesicht drückte ihre Wissenslücke aus.

„Es ist mir unbegreiflich, dass Archivare sich die Mühe machen, in *PGG*-Dateien zu speichern,

20 Graphisches Dateiformat.

wenn man eigentlich nur ein Foto von den Seiten braucht.“ Sie nahm mein unterschriebenes Auftragsblatt an sich, und ich grübelte weiter, was tat sie die letzten sechs Jahre an der Universität und meiner Seite, dass sie nicht mal einen Computer bedienen konnte. Es sollte ihr klar sein, dass kein Fotoformat existiert.

Mein Herz pumpte etwas heftiger vor Aufregung. Ich konnte mir kaum vorstellen, dass ich so viel in der alten Sprache lesen konnte, und gierte nach dem Rest der Geschichte. Kurz suchte ich die Mappen auf der Oberfläche durch und wurde fündig. Ich erkannte, dass diese Seiten mehr ein Tagebuch waren denn eine Dichtung.

Für einen Augenblick, bevor ich weiter las, bekam ich eine Vorstellung vom Ring der Liebe, und wie Freyas Finger Kreise in der Luft bildeten.

*

Drei Tage nachdem Onkel Apollonius nach Tyra fuhr, kam er zurück mit einer Truhe in seiner Kutsche und eilte in unser Haus.

„Isolde“, rief er nach meiner Mutter.

Sie putzte ein Huhn für den Eintopf und hob kaum den Kopf.

„Nerv mich nicht. Ich muss kochen, und Iron ist nicht da.“ Sie zupfte weiter die Federn aus dem toten Körper des armen Huhns.

„Ich kann nicht schlafen. Ich denke die ganze Zeit an Herburg. Das ist nicht normal“, jammerte er.

„Soll ich dir ein Schlaflied singen? Schau, dass du weiterkommst. Kau die eingelegten Kamillenblüten, die ich dir gegeben habe. [21]Wenn du in der Nacht aufstehst, gehe nicht lang vor die Tür. Setze dich einfach andersrum und nimm einen Schluck der Enziantinktur“, wies sie ihn ab.

„Vielleicht sind in deinem Bett wieder Mäuse im Stroh. Ich könnte dir eine neue Matratze mit Lavendelstroh weben“, schlug ich vor.

21 Im Mittelalter schlief man in einem biphasischen Rhythmus. Zudem schlief man meistens im Sitzen

„Lies das hier. Ein Bote brachte mir einen Brief von Herburg“, präsentierte er die Rolle und ergänzte: „Denke ich.“

Mutter holte das Blatt und näherte dieses dem Feuer an der Kochstelle.

„Sie erzählt, dass Salomon nach Rom fährt, und du sollst dich bis dahin sputen. Sie will, dass kein Soldat oder Verwandter dabei verletzt wird. Wie willst du das machen?“ Mutter warf den Zettel auf seine Füße und arbeitete weiter an dem Huhn. Für einen Augenblick konnte man ihr blaues Auge sehen und verstehen, warum sie den Kopf nicht hob.

„Ich werde mich als Frau verkleiden und Herburg entführen. Gib mir einige deiner besten Kleider“, forderte er.

Mutter lachte zu Apollonius Ärgernis pausenlos und äußerte obszöne Bemerkungen über Onkels Verständnis hinsichtlich Frauen und deren Anatomie. Er war äußerst leicht zu reizen.

Nachdem er einige Stücke aus der Truhe meiner Mutter ausgesucht hatte, verließ er unser Haus und ritt mit zehn Männern und einer gefüllten Truhe davon.

„Dein Onkel weißt nicht, was er mit einer Frau anfangen soll. Dein Vater muss mit ihm reden. Das kann zu großen Problemen führen. Er hat nie eine Frau gehabt und fühlt sich bedrängt. Das erkenne ich“, sagte meine Mutter.

„Gerade Vater sollte ihn nicht belehren, wie man mit einer Frau umgeht“, protestierte ich zurückhaltend.

„Ich sehe andere Probleme auf uns zukommen, wenn Herburg selbst merkt, dass er nichts im Bett taugt“, prophezeite Mutter.

Vier Tage später kam Onkel Apollonius wie erwartet mit seiner Braut nach Tyra und lud uns zu sich. Mehrmals wurde uns versichert, dass Herburg weiterhin Jungfrau sei, und ohne den Segen ihres Vaters wolle sie sich nicht einem Mann hingeben.

„Dein Onkel hat eine Schonfrist. Aber warte es ab. Ich denke, dass er sich zu wohl in meinen Kleidern fühlt.“ Mutter lachte über ihren eigenen Witz und stupste mich mit dem Ellbogen in die Seite als Zeichen, dass wir ein Geheimnis teilten. Ich bin sicher, sie hätte nicht gelacht, wenn sie gewusst hätte, wie sich alles weiterentwickeln würde.

„Wie hast du das hinbekommen?“, fragte mein Vater und beäugte das neue Familienmitglied von oben bis unten.

Es war zu merken, dass Herburg den ganzen Tag mit dem Haushalt beschäftigt war.

„Ich verkleidete mich als Heppa. Ein Marktweib“, fing Onkel an. „Damit man mich nicht erkennen konnte, tat ich so, als würde ich die fränkische Sprache nicht beherrschen.“ Er stand auf und trug wie im Theater vor. Seine Füße zeichneten Bögen auf dem Boden, und er schwang hin und her wie im Rausch. Als ich das ansah, verstand ich die Befürchtungen meiner Mutter zum Teil besser.

„Aber du kannst die fränkische Sprache gar nicht“, bemerkte Mutter.

„Schweig“, flüsterte Vater.

Mutter tat dies, jedoch unter Zugabe von ein paar Schimpfwörtern.

„Herburg fragte in Salomons Frauenkreis, mit wie vielen Männern ich das Bett bereits geteilt hätte. Da verstand ich, dass sie wissen wollte, wie viele Männer ich mit mir brachte, um sie zu entführen. So hob ich zehn Finger über meinem Kopf, ohne ein Wort zu sprechen.“ Es sah so aus, als würde er ein Rentier imitieren.

„Ich dachte, du wärst wirklich eine Frau. Diese Frage hast du dir selbst ausgedacht. Ich zweifelte nur, dass zehn Männer mit einer Frau mit einem solchen Bauch geschlafen hätten“, lachte Herburg, während sich das Gesicht meines Onkels verfinsterte. Sie schien nicht zu merken, wie sie seinen Stolz verletzt hatte.

„Aber ich bin sicher, dass er nicht so viele Finger hat wie die Anzahl der Männer, mit denen er das Bett geteilt hat“, flüsterte meine Mutter mir zu, und wir lachten und taten so, als würden wir über Herburgs Bemerkung lachen, was ihn leider umso mehr erzürnte.

„Alle Frauen im Gemach lachten und fanden mich witzig. Ich konnte mir auch nicht vorstellen, dass Frauen so offen über Bettangelegenheiten sprechen würden. Immerhin hat es geklappt. Meine Vorstellung und mein Tanz hatten sogar Herburgs Mutter überzeugt. Sie schenkte mir obendrein ein Hemd und ein Kopftuch. Herburg hat diesmal eine Notiz im Kopftuch versteckt." Apollonius lächelte und wartete, dass das Publikum ihn zum Weitererzählen anspornte.

„Zumindest hat er diesmal den Zettel nicht gegessen", flüsterte Mutter.

„Truchsess las den Zettel für mich, und in der Nacht schlich ich mich zum Treffpunkt am Burgausgang. Dort wartete die schöne Herburg auf mich." Apollonius schaute uns an, und mit Zögern bemerkten wir, dass dies das Ende seiner Erzählung war.

Herburgs Antlitz verriet, dass sie einige Zweifel an ihrer Ehegattenwahl hatte und das, was sie anfangs nett an Apollonius fand, stand ihm als Ehemann im Weg.

Hier und da regte sich müder Applaus, und wir schlenderten zur Tafel zum Essen. Mir stand Wild bis zum Halse, und ich hoffte auf etwas ohne Fleisch. Herburg schien ebenfalls meinen Geschmack zu teilen und servierte uns eine Art Kichererbsen Gericht.

„Ich kam um Mitternacht verhüllt zum Gebüsch vor dem Eingangstor und rief Apollonius ganz zart", erklärte Herburg fast zu mädchenhaft, während sie das Gericht in Schüsseln verteilte.

„Zaghaft und erstaunlich naiv", schätzte ich.

Einige ihrer Bemerkungen ließen klar verstehen, dass sie keine Lebenserfahrung hatte, und vom Geld verstand sie nicht sonderlich viel. Ob ihr bewusst wurde, was sie ihrer Familie antat, war mir nicht klar.

„Ich kam noch als Heppa angezogen zum Treffpunkt", dabei lachte Apollonius, jedoch Vater schaute ihn mahnend an. Wie es schien, war diese Idee, sich als Frau zu kleiden, etwas, das Männer in Brandenburg nicht gerne sahen. Seit wir umgezogen sind, begegneten wir immer häufiger Einschränkungen durch die Kirche und die gläubige Gesellschaft. Sie sahen uns als Heiden und unsere Manieren als primitiv an. Mutters Hinweise auf die Möglichkeit, dass Apollonius nicht heterosexuell wäre, würden hier ignoriert werden. In meiner Heimat hätten wir das nicht sonderlich beachtet, aber auf dem festen Land herrschten die strengen Gesetze des Kreuzgotts gegen solche Männer.

„Wo hast du meine Kleider?“, fragte Mutter mit halbvollem Mund.

„Ich schenkte Kopftuch der Königin und das Hemd, das sie mir gab, einer armen Frau an Herburgs Hof. Es war sowieso nur Schund und roch nach alten Weibern. Apollonius provozierte meine Mutter, und sie verlor ihre Beherrschung.

„Die Königin schenkte dir Kopftuch und Hemd als Zeichen der Gnade. Sie dachte bestimmt, eine hochschwangere Dirne hätte es nötig.“ Sie sprach nicht weiter und duckte sich schnell, bevor Vaters Hand sie verfehlte.

„Beachte sie nicht, Herburg. Mein Bruder heiratete sie nur aus Gnade. Wie auch immer, hier sind wir zufrieden und gesund“, versuchte Apollonius weitere Angriffe meiner Mutter zu vermeiden.

„Versöhne dich aber zuerst mit meinem Vater. Er ist mir lieb und teuer. Ich kann mir ein Leben ohne ihn gar nicht vorstellen“, jammerte Herburg. Ich fing sie von nun an wegen ihres

Mangels an Persönlichkeit zu hassen. Mutter erzog mich selbstbewusst und herausfordernder.

„Isolde die Schöne kann schön schreiben, und morgen früh fährt ein Bote zu deinem Vater“, bediente sich Apollonius meiner Dienste, ohne zu fragen.

Es war alles friedlich. Alle zufrieden und Tyra hat eine neue Herrin gefunden. Aber ihre Ehe war nicht vollzogen. Truchsess fuhr zu König Salomon, noch bevor die Sonne im Mittag stand. Ich schrieb mit der besten Kalligrafie, die ich konnte und nutzte sogar ein ausgewähltes Vokabular, um einen besseren Eindruck bei König Salomon zu erreichen.

Am Nachmittag kam der Truchsess mit seinen Hunden Porsi und Bracki. Porsi war auch ein Nachkomme von Paron und Bonikt.

Er brachte freudige Nachrichten vom Haus Salomon. Der König war von meinem Brief beeindruckt und lachte sogar über Apollonius List. Aufgrund des Schreibens willigte Herburg ein, die Ehe noch am gleichen Abend zu vollziehen. Mein Onkel sah nicht sonderlich froh, aber irgendwie beunruhigt aus. Seine Augen wirkten glasig, und er lief öfters nervös herum.

„Ich habe den Ring zurückgenommen, bevor der noch mehr Unheil anrichtet“, sagte Mutter zu mir.

Meine Familie und ich fuhren zurück nach Hause, und Mutter machte Witze über Apollonius‘ Unwissenheit hinsichtlich der weiblichen Anatomie. Er hat kaum Kontakt zu seinem Vater, und sein älterer Bruder sprach nie mit ihm über intime Themen. Hier in Brandenburg ziemt es sich nicht, solches anzusprechen.

Sogar Vater lachte über ihre derben Witze. Das war leider der letzte heitere Moment, bevor Mutters erste Prophezeiung sich erfüllte.

Am kommenden Nachmittag traf Truchsess bei uns ein. Sein Gesicht verriet nichts Gutes, und seine Eile ließ die Dringlichkeit der Kunde erahnen.

Solche Momente benötigen kaum Worte. Die Gesichter übersetzen alles in den verzweifelten Augen und der gesenkten

Körperhaltung. Die Ermangelung eines freudigen Grußes oder die Vorahnung, dass Apollonius uns wieder Probleme machte, versetzte uns in Alarm, noch bevor etwas ausgesprochen wurde.

„Was ist denn los, Truchsess?“, fragte meine Mutter, als er an der Tür auf das Hereinlassen wartete.

„In der Hochzeitsnacht ist etwas nicht wie erwartet gelaufen.“ Truchsess suchte nach Worten und weinte fast unmerkbar. „Apollonius bat mich zuvor, zu euch zu kommen, er wird sich später dazugesellen“, übernahm Apollonius Vertrauter die Verantwortung für die schändlichen Nachrichten. Dabei wurde mir klar, dass Truchsess meinen Onkel in hohem Grade schätzte und unzweideutig zu einem Freund wurde.

„Lass das und sag endlich, was ist denn los“, befahl Mutter mit voller Autorität. Sie ahnte, dass etwas passiert war, dafür war ebenfalls keine Vorahnung erforderlich.

„Ich kann nicht genau sagen, was geschah, aber Apollonius war auf die Hochzeitsnacht nicht richtig vorbereitet.“ Meine Mutter schien nervös zu sein und kickte Truchsess, der leicht erschrak. „Oder Herburg benahm sich nicht, wie man es von einer tugendhaften Frau erwartete, und er prügelte sie mitten in der Nacht, und sie ist fast gestorben.“ Er schluchzte und drehte sein Gesicht aus Verlegenheit in die andere Richtung. „Herburg ringt seitdem um ihr Leben, der Medikus ist bei ihr. Es war bestimmt ein Unfall“, versuchte Truchsess den Vorfall zu mildern.

„Ich will es aber genauer wissen. Was habt ihr getrieben? Und erspare mir Schüchternheit. Sprich“, befahl sie.

„Seine Libido war nicht stattlich genug, und er lud mich ins Ehebett ein. Herburg machte derbe Witze und war sehr unanständig ...“ Mutter hob die Hand.

„Klappe“, unterbrach sie ihn.

Er versuchte, etwas zu sagen, aber sie schlug ihm heftig ins Gesicht.

„Ich wusste es. Isolde, hol deinen Vater. Wir müssen das dringend besprechen“, befahl sie.

Im Verlauf des Tages wurde alles genauer besprochen, und wie meine Mutter vermutete, war Apollonius kein Mann für eine heterosexuelle Beziehung. Die Angst vor der Kirche und der Zwang, eine Frau zu ehelichen, haben ihn in eine Lage versetzt, wo er wie ein eingeengtes Tier reagierte. Nicht selten kam es vor, dass Männer seiner Art Ehefrauen verprügelten, damit diese nicht wieder deren Nähe suchten. Junge Frauen lernten von Ihren Müttern, dass es solche Männer gibt, und wir alle wussten damit umzugehen, aber die Gläubigen auf dem festen Land schienen über die Geheimnisse des Ehelebens nicht offen und klar zu sprechen. Leider verlief dieses Mal etwas schrecklich schief.

Sechs Tage dauerte es bis zu Herburgs letztem Atemzug. Ihr Tod war unausweichlich. Ihr zarter Körper wurde auf den Boden geschleudert, als Onkel ausrastete und sie aus dem hohen Bett hinauswarf.

Den unschuldigen Medikus beförderte er mit Fußtritten aus dem Haus. Alle waren sprachlos, und Onkel Apollonius heulte Tag und Nacht auf der Burg in Tyra. Er schämte sich, dass die Wahrheit über seine Unfähigkeit, mit einer Frau zu leben, herauskam und hatte Angst vor der Rache Salomons oder, dass jemand seinen Zustand der Kirche denunzieren würde.

Entschlossen, eine Rache abzuwehren, sendete Iron Truchsess und Nordian mit der Einladung zur Bestattung zu Herburgs Vater.

Mutter holte den Ring der Liebe und legte ihn auf den Hausaltar. Sie verbrachte fast zwei Tage zu Freya betend, um weiteres Leiden zu vermeiden.

Die Männer kamen zurück. Sie brachten - wie erwartet - keinen Vertreter der Familie zur Bestattungszeremonie mit, aber einen Brief, in dem Salomon seine Rache ankündigte.

Herburg wurde auf Tyras Friedhof beigesetzt. Jeder von uns warf eine Handvoll Erde ins Grab, so verabschiedeten wir uns von dieser armen Frau. Sie wollte nur die Herrin eines Hofs sein. Ich fühlte mich schuldig, sie kurzweilig nicht gemocht zu haben.

Mit Schreck stellte ich fest, dass mir das gleiche Schicksal bevorstehen könnte.

*

Nach zwei Monden war alles fast normal. Die Angst vor den Konsequenzen von Apollonius Handlung lösten sich langsam in einen vergessenen Vorfall auf.

Mutter liebte es, meinen Vater zu provozieren. Sie heiratete ihn nicht aus Liebe, erzählt sie immer wieder. Sie wurde ihm nur geschenkt, weil er ein Sohn des Artus ist. Dennoch gewann sie ihn in den Jahren lieb. Er akzeptierte die Tatsache, dass sie kein weiteres Kind gebären konnte, und sie lernte, aufgrund mangelnder Zuwendung sich selbst seine Zuneigung für sich zu dichten, obwohl sie bestens wusste, dass diese nicht existierte.

Vor allem war Mutter überzeugt, dass die Flüche der Götter des Nordens sich eines Tages erfüllen würden, und egal wie sehr sie meinen Vater gerne neben sich sah, die Folgen der Verfluchungen wären unausweichlich.

Sie betete am Morgen, und diesmal verbrannte sie Kräuter vor der Statuette der Freya, und im Rausch[22] begann sie zu weinen.

„Warum das Töten“, schrie sie umnebelt.

Ich beabsichtigte sie zu fragen, was denn los sei, aber in solchen Momenten war es verboten zu stören. Ich wartete besorgt, bis sie sich beruhigte.

Wir waren ungestört, da Vater mit Onkel Apollonius und anderen Männern auf der Jagd war. Für einige Tage konnten wir uns frei bewegen.

„Dein Vater respektiert das Leben der Tiere nicht, und dadurch erzürnt er die Götter umso mehr“, sagte Mutter, ermüdet von ihren geistigen Anstrengungen.

„Als mein Vater mich zur Ehefrau deines Vaters machte, versprach er Artus, dass ich mich für die Besänftigung der Götter einsetzen könnte, aber dein Vater macht das unmöglich. Er darf aber nicht weiterhin Tiere grundlos

[22] Im heidnischen und andere verwandte Kulte werden Kräuter mit Rauschwirkung am Altar verbrannt.

töten. Ich sehe wie die Götter ihm zürnen." Sie trank Kräuterwasser, das wir zubereiteten, damit man nicht an der Pest erkrankte.

Zu Beginn des Winters schneit es selten, aber es ist auch nicht ungewöhnlich, dass Schnee kommt. Draußen war es weiß und glänzend. Für die Misshandlungen der Tiere hätte ich meinen Vater selbst umbringen können und würde ihm keine Träne nachweinen, aber ich traute mich nicht, dies vor meiner Mutter zu sagen.

Mutter lief wie in Trance hinaus. Neben dem großen Lindenbaum blieb sie für einen Moment stehen. Sie zog sich nackt aus und badete im Schnee. Die Konturen Ihres Körpers zeichneten sich auf dem jungfräulichen Boden ab. Der Frost war beißend, und schnell zog sie sich wieder an und kam ins Haus. Ihre zarte Silhouette ließ sie deutlich auf dem Boden zurück. Eine Ausbildung als Priesterin konnte ich nicht haben, da wir hastig von der Insel fliehen mussten, und daher verstand ich nicht genug von den Unternehmungen meiner Mutter. Ich warf mir in solchen Momenten auch einen Mangel an Überzeugung vor.

„Ich hoffe, dass ich deinen Vater noch vor sich selbst retten kann", sagte sie etwas benommen von den Kräutern, die sie zu sich nahm.

Ich fragte nicht nach ihren Vorahnungen und widmete mich meinem Alltag mit der Hausarbeit. In Brandenburg nahmen viele an, dass wir reiche Adlige seien. Unserer Beziehung zu König Etzel sorgte für ordentlich Gesprächsstoff, vor allem Getratsche in der Region. In Wahrheit fehlte uns das Geld, das uns auf der Insel gestohlen wurde. Durch Vaters Jagdexzesse blieben kaum Mittel übrig, um Bedienstete zu bezahlen. Geld war ein ständiges Thema zwischen meinen Eltern, da Iron nicht übersah, dass Mutter einen regen Handel mit ihrem Bier betrieb. Ihr Gebräu war in kürzester Zeit berühmt und verkaufte sich im naheliegenden Dorf schneller, als wir produzieren konnten.

Vater kam, wie erwartet, stinkend mit zwei toten Hasen ins Haus hinein. Der unerträgliche Dunst seiner Wäsche und seines Körpers wurden vom Kaminfeuer fast überlagert. An der

Kochstelle schlief unsere Köchin, die mit einem Schreck aufsprang und sich beschäftigt zeigte.

„Bereite uns etwas zum Essen“, befahl er an der Tür, und sie eilte, ihn zu bedienen. Die toten Hasen nahm sie vom Tisch, bevor sie ihm den Eintopf von der Kochstelle servierte. Um die Luft aus dem Haus zu vertreiben, nahm ich das Stroh vom Fenster ab und öffnete die Läden.

„Es ist kalt“, protestierte er.

„Du musst vor dem Essen baden“, sagte ich. Zugegeben, je älter ich wurde, desto mehr verlor ich den Respekt für stinkende Männer. Als Antwort für meine Frechheit folgte ein Schlag von ihm. Ich rechnete mit Mutters Widerworten, aber sie reagierte weit anders, als ich erwartete. Sie gab mir ein Zeichen zu schweigen.

„Iron, schau hinaus bei dem alten Lindenbaum.“ Sie wies mit dem Kopf die Richtung, und er folgte zur Tür. Mutter stand auf, straffte ihr Kleid und dreht sich zu mir. „Koch uns etwas, Hilde. Ich gehe mit meinem Mann spazieren.“ Unsere Hausdame schaute zum servierten Eintopf und verstand nicht, was

Mutter wollte. Sie setzte sich in ihren Sessel und aß die Portion.

Sie spazierten seit Langem nicht mehr zusammen. Vater ließ sich auf Mutters Charme ein. Sie unterhielten sich für über eine Stunde, und als sie zurückkamen, war das bestellte Essen fertig. Ich schickte die gefräßige Hausdame woanders zum Schlafen und kümmerte mich selbst um das Abendessen. Ich benutzte die besten Kräuter, die Mutter zur Seite gelegt hatte.

Mir wurde klar, dass sie für sich etwas fürchtete. Sie versuchte, meinen Vater zu verführen, damit er die Jagd vergaß und sich mehr auf unser Leben in Brandenburg konzentrierte. Aber dies konnte auch bedeuten, dass sie ihre Zukunft vorausahnte und durch eine List etwas daran zu verändern versuchte.

Die Kosten für Soldaten konnten wir kaum aufbringen, und die Bauern in unserer Mark zahlten nicht ausreichend Steuern, was uns zusätzlich in Bedrängnis brachte, aber das schien Iron kaum zu interessieren.

Als meine Eltern wieder hereinkamen, ließ sie seinen Arm und schmollte wegen Vaters grober Art.

„Wenn du das Tier, das den Schnee am Lindenbaum markiert hat, nicht fängst, wird ein Besserer es fangen“, kokettierte sie.

„Ach was. Dich will doch keiner. Du bist verbraucht und riechst nach Wurzel“, bagatellisierte er das Angebot und kämmte den Bart mit seinen schmutzigen Fingern.

Sie beachtete den boshaften Spruch nicht und schmiegte sich an ihn. Ich liebte zu sehen, wie sie sich manchmal gerne hatten. Man konnte nahezu vergessen, wie brutal er meistens zu ihr war.

Es war alles friedlich, bis wir draußen Onkel Apollonius‘ Karre hörten. Er kam mit Truchsess. Mittlerweile verstanden wir, dass beide Männer eine tiefe Freundschaft verband, und der schreckliche Vorfall mit Herburg gehörte nach über sechs Monaten fast der Vergessenheit an.

„‘n Abend“, sagte Apollonius und verbeugte sich kurz. Etwas, was selten vorkam, weshalb alle ihn überrascht ansahen.

„Das Essen ist aus. Ich hoffe, du kommst nicht zum Essen.“ Mutter stand auf und räumte das Geschirr von der Tafel.

„Ach was. Ich war mit Truchsess an der [23]Havel, und fanden wir Jagdspuren. Wir wurden von dem Fischer Leonon informiert, dass Salomon mit seinen Männern dort gejagt habe.“ Apollonius klang so hilflos und bettelte bei absolut unbedeutenden Lappalien immer um Hilfe.

„Sei froh, dass er nicht nach Tyra geritten ist, um dich zu jagen. Du hast immerhin seine Tochter ermordet“, sagte ich ohne jegliche Rücksicht auf Irons potenzielle Tritte.

„Ohne je von einem Mann berührt zu werden“, fügte meine Mutter hinzu.

„Klar, gerade du musst das ansprechen. Wie viele Jahre werde ich mir das noch anhören müssen. Du bist immerhin die Verantwortliche für diesen Schlamassel. Die Priester haben mir von Hexereien erzählt, die manche Manneskraft rauben. Ich beobachte dich“, drohte er.

23 Deutscher Fluss nahe Berlin.

„Würdest du dich um dein Leben kümmern, anstatt mich wegen Geld wie ein Vieh zu verbandeln, wäre das nicht passiert. Iron, schick sie weg. Im Wald gibt es bestimmt einen hungrigen Bären, der sie noch frisst.“ Er nahm Platz am Tisch und servierte sich von Mutters Bier.

„Gib deinem Besuch auch etwas zu trinken“, befahl mein Vater.

„Er holt sich selbst etwas, wenn er will und ich noch nicht reingespuckt habe“, sagte sie und spuckte auf den Boden.

Apollonius servierte Truchsess und schaute von der Seite erbost zu Mutter, die ihm die kalte Schulter zeigte.

„Isolde, meine Tochter hat Recht. Salomon hat nur etwas Wild mitgenommen anstatt deinen Kopf. Fahrt ihr in der Nacht nach Tyra zurück?“ Vater hörte zum ersten Mal auf mich.

„Wenn es geht, würden wir in der Scheune schlafen. Wir können morgen heimkehren“, sagte Truchsess zum ersten Mal und nahm sein Bier.

„Wir könnten einfach zu Salomons Wälder fahren und dort jagen. Ich bin gespannt, wie er reagieren wird", schlug Onkel vor.

„Ihr könnt im Nähzimmer schlafen. Dort habe ich zwei gute Sessel", versuchte Mutter, etwas freundlicher zu sein. Insgeheim überlegte ich, ob sie nur vorhatte, Truchsess zu überzeugen, als Mitglied der Familie für sie zu arbeiten.

Die Nacht wurde lang, und die letzte Glut im Kamin verlangte nach Nachschub, als Apollonius meinen Vater wieder zu seinem Rachefeldzug überzeugen wollte.

„Salomon hat immer noch diese Wisent Herde mit sechs Kälbern. Wir könnten die jagen", wisperte Apollonius, etwas besoffen von Mutters Grutbier.

„Ihr dürft das aber nicht machen. Es sind die letzten Wisente der Region, und sie unterstehen dem Schutz Baldurs. Wenn ihr das wagt, werdet ihr nochmals verflucht sein", protestierte ich.

„Schweig, Magd. Du verstehst nicht die Welt der Männer, und hier interessiert sich keiner für die Gebote Baldurs“, sprach der Alkohol aus meinem Vater.

„Das sind riesige Ochsen, und mit deren Leder machen wir viel Geld. Dazu zeigen wir Salomon, dass er hier nicht einfach jagen darf“, intrigierte Apollonius weiter.

Vater duselte im Sessel vor dem Kamin, und Onkel und Truchsess schliefen miteinander im Nähzimmer.

Sie waren laut und unbehaglich indiskret, und mir wurde klar, was Mutter über Apollonius behauptete.

Sie und ich schliefen, nachdem wir alles aufgeräumt hatten. Wir hofften, diese idiotischen Ideen wären am Morgen mit dem Bierrausch verschwunden. Doch unsere Hoffnung war vergebens.

Ich hatte längst die Hühner versorgt und den Hausdienern die Arbeit zugeordnet, als Onkel Apollonius und Truchsess halbnackt aufstanden. Sie saßen oberkörperfrei auf der Veranda, genossen den kühlen Wind und verlangten nach Frühstück. Mutter und ich versuchten, über ihre Manieren hinwegzusehen, und brachten Brot und Bier auf den Tisch.

Vater kam kurz danach etwas verkatert hinaus.

„Männer, ruft Nordian, Waldemar und Schenk, und fahren wir mit allen Hunden zur Jagd“, sagte Vater selbstbewusst.

„Was meinst du? Wir haben besprochen, dass es hier Wichtigeres zu tun gibt, und wir müssen uns um das Volk in der Mark kümmern. Hör auf mit dieser nutzlosen Jagd“, protestierte Mutter.

„Die Hunde bleiben hier“, äußerte ich meine Meinung dazu.

„Salomon hat die Grenze übertreten. Wir nehmen uns nur das, was uns gehört.“ Onkel Apollonius kratzte sich wie ein Iltis, und so roch er auch.

„Aber Salomon hat mehr Soldaten“, fügte Truchsess hinzu.

„Bezahlte Soldaten“, munkelte ich insgeheim.

„Ich lasse mir von keinem Weib sagen, was ich tun soll. Wir gehen jagen, wie Männer dies nun mal tun“, versuchte Vater die Debatte zu beenden.

Die lange Diskussion endete jedoch mit meiner Mutter, die verprügelt wurde, und ich verschwand in der Scheune. Die Karren waren bereit, und die Hunde standen trotz Protest neben den Pferden angeordnet.

Ich hatte Irons Haltung satt und entschloss, erwachsen zu werden und an meine Zukunft zu denken.

„Wehe, es passiert irgendetwas mit meinen Hunden, du wirst bezahlen. Es sind meine Hunde, sie sind nicht für deinen Spaß bestimmt.“ Ich war getränkt vor Zorn und hätte ihn eigenhändig erdrosseln können.

„Sei stark. Wenn ich wiederkomme, werde ich dich gut verheiraten mit dem besten Mann dieser Truppe, der den Wisent tötet“, warnte er mich.

Lange wartete Salomon nicht auf eine Warnung seiner Informanten, dass man seinen Jagdausflug auf Vaters Mark gemerkt hatte. Iron und alle anderen Männer bereiteten sich auf eine Rachejagd in [24]Walslöngwalde vor.

Mutter kam aus dem Haus und warf sich Vater um den Hals.

„Iron, hör auf mich. Die alten Götter werden sich rächen. Du bist verflucht, sei nicht stur.“ Sie flehte ihn an, ihr zu gehorchen. Es war mir unklar warum, denn wenn er zu Hause war, wurde sie nur verprügelt. Andererseits wagten die Priester sich nicht an meine Mutter wegen ihres Handels mit Tränken und Bier heran, wenn er zu Hause war. Sie hatte mich nie darüber aufgeklärt, aber ich zog meine Schlüsse.

„Vater, hör auf meine Vorhersage. Gehe nicht auf die Jagd. Die Götter haben dich bisher nur wegen Mutters Gebeten geschont. Wenn Du gegen die heiligen Tiere gehst, werden wir alle darunter leiden. Der Wisent ist heilig, und es steht dir nicht zu, ihn zu jagen.“ Ich erahnte auch, dass diese Aktion Folgen nach sich ziehen würde oder sogar einen Krieg.

24 Unklarer Ort, voraussichtlich heute im Gebiet Brandenburgs südlicher Wälder .

Wie ich später erfuhr, fanden sie auf dem Weg zur Jagd noch in Brandenburg erlegte und gebissene Tiere. Apollonius schickte Rolf voraus, um zu prüfen, wer unerlaubt in unserer Mark jagte.

Rolf berichtete, dass er Salomon traf und diesen zur Rede stellte. Salomon gab nach und mied einen Konflikt. Aber er machte auch klar, dass er seine Rache nicht beiseitelegen werde. Männer töten sich gegenseitig, unschuldige Tiere, oder wenn gar keiner ihren Zorn besänftigen kann, waren ihre Frauen an der Reihe.

In unserer Situation hätte ich diplomatisches Handeln von meinem Vater erwartet, aber dies war weder zu erwarten noch denkbar. Männer waren unfähig, auf Vernunft zu hören.

Angespornt durch Salomons Provokation, ritt mein Vater siegessicher in dessen Gebiete. Es war für uns sinnlos, in diese Aktionen intervenieren zu wollen.

Auf dem Weg nach Walslöngwalde trafen sie auf den Wisent und töteten drei seiner Kälber. Bonikt und Paron überlebten den ersten Angriff gegen den Riesen nicht. Bracki und Porsi, Truchsess Hunde, wurden schwer verwundet und konnten nicht gerettet werden. Luschka und Ruschka waren Schenks schnelle Jäger für kleines Wild. Sie waren für eine solche Hetzjagd nicht ausgebildet und wurden von den Hufen des Titans zermalmt. Als letzte versuchten Stapi und Sturrt - die Hunde von Nordian - ihr Glück. An Mut fehlte es ihnen nicht, aber ihrem Herrn an Vernunft. Von diesem Frevel an den Göttern erfuhr meine Mutter in einer Vision.

„Wir sind verdammt. Ob ich meinem Schicksal entfliehen kann, ist kaum vorauszusehen", sagte sie.

„Meine Hunde", dachte ich besorgt und deren Schicksal erahnend.

Der Wisent wurde auf einer Lichtung gesehen, und die Männer, blind vor Testosteron, wollten nur Zerstörung und Tod. Sie wurden nicht in unserem Glauben an die nordischen Götter erzogen und sahen nur ihren Handel als gerecht, wie die Kirche des Kreuzgotts bestimmt.

„Der Mensch ist Herr über alle Tiere“, sagte Vater einmal, als er von einem der Priester missioniert wurde.

Männer waren blind für das Leiden und die Verwüstung, die sie verursachten.

Meine Hunde starben alle in dieser Schlacht, und Vater blieb erbarmungslos. Baldurs schützende Hand, die den Wisent geschützt hatte, versagte, und Waldemar tötete das verletzte Biest mit einem endgültigen Schlag. Als dessen Kräfte ihn gänzlich verließen, fiel das Tier auf seine Knie, und sich schwer atmend verabschiedete sich der letzte Wisent von deutschem Boden.

Singend ritten sie alle zurück nach Brandenburg und ließen die verendeten Tiere dort, wo sie ihre Leben sinnlos aufgaben.

Ich weinte fünf Tage über den Verlust meiner treuen Gefährten und verfluchte Iron für dieses Verbrechen.

Das Trauma durch das Opfer meine Hunde glühte eine Narbe auf meine Seele. Sie waren für mich wichtiger als jeder Mensch. Ich konnte meine Gefühle nicht in Worte fassen. Jedoch war ich mir bewusst, dass mein Zorn irgendwann wie ein Vulkanausbruch herauskommen würde.

„Was hast du davon, diesen Wisent getötet zu haben? Weder Leder noch Wild zum Essen brachtest du. Es war nur Mordlust“, warf ich ihm vor.

Er hob seine Hand in meine Richtung, und zum ersten Mal trat ich ihm entschlossen entgegen.

„Du sollst tot umfallen, bevor deine Patsche mich trifft.“ Meine Augen glühten förmlich, und ich hätte ihn in diesem Moment eigenhändig ausgelöscht. Adrenalin schoss in meine Adern, mir wurde schwindelig.

„Misch dich nicht in Männerangelegenheiten ein. Du wirst langsam zu frech für ein so junges Frauenzimmer.“ Er sprach barsch wie sonst, aber diesmal zitterte seine Stimme.

Einige Tage danach sendete Salomon einen Boten und teilte seine Trauer nicht über eine verlorene Tochter mit, denn hinzukamen mehr als sechzig Tiere und sein Wisent. Als der Bote die Nachricht überbrachte, saßen wir alle draußen. Mutter mied den Kontakt zu meinem Vater. Apollonius stolziert zufrieden, als wäre er der Gott Loki selbst, der sich freut, den Zwist zu stiften.

„Wir hätten Salomon angreifen sollen. Jetzt, ohne sein Machtsymbol, den Wisent, wird er etwas bescheidener werden“, freute sich Apollonius als Einziger.

„Alles zu seiner Zeit. Ich werde das noch machen, aber wenn wir nicht so müde von der Jagd sind. Ich muss noch einige Tage rasten“, entschuldigte sich Vater.

„Auch die Götter könnten ihm gegen uns nicht helfen. Etwas haben wir von unserem Vater doch geerbt“, prostete Onkel Apollonius in die Runde.

„Ich werde zwei Tage benötigen, um alles für einen Besuch bei Salomon vorzubereiten. Er wird uns wegen des Todes seiner Tochter nie wieder behelligen“, drohte Vater und wirbelte seine Faust in der Luft, als wäre er ebenso titanisch wie mein Großvater Artus.

„Es war sowieso nur ein Unfall. Er bauscht die Situation nur auf, weil er einen Grund suchte, dich anzugreifen“, intrigierte Onkel Apollonius weiter.

„Die Götter sprechen weiterhin mit mir und Mutter. Es sollte dir klar sein, dass wir dich gewarnt haben. Ich sehe deinen elenden Untergang voraus. Sei gewarnt Vater.“ Ich sagte meine Weissagung bewusst, dass ich nur eigene Wut in Worte fasste. Ich zitterte im Voraus vor den Konsequenzen, Iron vor allen seinen Männern zu widersprechen.

„Sie kennt die alten Götter wie ich, Iron. Was du getan hast, war nicht rechtens. Ich hatte auch eine Vision über unseren Untergang“, bestätigte Mutter meine Voraussage. Sie glaubte fest daran, dass ich ihre Nachfolgerin als Priesterin der Freya werden würde.

„Ihr und eure Visionen der alten Götter könntet nichts gegen mich ausrichten. Ich habe mich dem neuen Gott verschrieben, und wenn ihr nicht spurt, werde ich mit den Priestern sprechen und um Beistand bitten“, drohte er uns. Mutter erschrak in der Vorstellung von Inquisitoren, die Iron beistehen könnten.

„Tu das nicht“, flehte Mutter.

Vater ließ uns allein und ritt zornig zum Dorf. In seinem Rausch sprach er mit den Priestern und verlangte nach Unterstützung. Die Gelegenheit, die einige der Brüder seit Langem erwarteten, um sich an das Geschäft meiner Mutter heranzumachen.

Als Vater wieder heimkehrte, waren zwei Benediktiner-Priester in seiner Begleitung.

„Du jammerst, dass du Hilfe beim Bierbrauen brauchst, und ich habe hier zwei engagierte Mönche, die dir zur Seite stehen wollen. Das Kloster hat uns sogar für das Lehren bezahlt. Sie schlafen in der Scheune und arbeiten kostenfrei für uns.“ Vater war sehr selbstsicher und erwartete keine Widerrede zu seinem Friedensangebot. Jedoch Mutter vertraute den Mönchen von Anfang an nicht, und ihr Schweigen ließ einiges durchblicken.

„Und du, junge Dame, du heiratest heute Waldemar. Er war der beste Jäger, und da er den Wisent tötete, schenkte ich ihm deine

Hand." Ein Schauder durchlief meinen Körper, und meine Fäuste schlossen sich so fest, dass sich die Nägel in meine Handflächen bohrten.

Am Abend feierten wir die ungewollte Vermählung im kleinen Kreis bis in die Nacht. Es war so dunkel, dass man kaum den Weg nach Hause finden konnte. Waldemar trank das Grutbier meiner Mutter und bat unaufhörlich um mehr. Er war glücklicher als ich, und zum Teil wurde meine Eitelkeit gestreichelt.

Für dieses spezielle Event servierte sie ihr stärkstes Bier, gewürzt mit Tollkirsche. Diese Mischung sollte Männer potenter machen, und seine berauschende Wirkung war überall bekannt. Sogar die zwei Benediktiner, die bei uns als Gäste aufgenommen wurden, genossen den Trank.

Waldemars Lächeln war bezaubernd, und viele Frauen hätten sich auf eine Nacht mit seinem muskulösen Körper erfreut.

„Mehr Grutbier" schrie er, aber ich warnte, dass Mutters Bier keinem Mann gewachsen sei, und er verstand dies als Herausforderung.

Gerne wäre ich geflohen und hätte mir eine Hütte in den Wäldern gesucht, als wie ein Stück Vieh behandelt zu werden. Mein Bräutigam tat mir leid, weil er mich weder kannte noch verstehen konnte. Unsere Bräuche waren zu unterschiedlich. Den Schmerz über meine verlorenen Begleiter würde er niemals nachvollziehen können.

Waldemar schwitzte. Er zog das Hemd aus und bot allen einen Blick auf seine unwiderstehlich behaarte Brust. Unter seinem Rock sah man, dass seine Männlichkeit vor Kraft strotzte.

Während ich etwas mehr von dem Bier servierte, hob er seinem Rock und zeigte mir sein erigiertes Glied. Ich lächelte, als wäre dies eine Gabe der Götter. Alle machten Witze und lachten.

Seine wilden Haare sahen klebrig und verschwitzt aus. Er stand auf und zog mich an seinen Körper heran. Ich roch Mutters Badekräuter. Ich hatte kaum Zeit zu protestieren. Er atmete schwer, und ich erspürte, gepresst an meinen Bauch, was er verlangte, dabei hob er mein Kleid leicht an.

„Warte, bis ihr das Bett teilt“, schrie Vater und lachte.

Scham, Neugier und Wut mischten sich in meinem Körper, und die Mischung floss wild durch die Venen.

Waldemar ließ mich los und torkelte zur Tür. Sein Krug krachte zu Boden, und Mutter sah argwöhnisch den Verlust des Geschirrs und teuren Biers.

Als er die Tür erreichte, fiel er auf seine Knie und kotzte wie meine verlorenen Hunde, als sie etwas Falsches gegessen hatten.

„Heute vollzieht er diese Hochzeit nicht“, lachte einer der Mönche.

„Das wäre nicht der Erste im Haus, der sowas tut“, lachte Mutter etwas schief, zupfte an meinem Arm und zeigte mit dem Zeigefinger auf Onkel.

Wie wahr der Spruch der Mönche war, entdeckte man in der Früh, als wir Waldemar leblos auf der Veranda fanden.

Isolde die Anmutige

„Man sollte nicht zu wild feiern. Dein Bier ist zu stark“, jammerte mein Vater.

„Er war jung, aber er trank zu viel. Er starb bestimmt an Völlerei. Er ist bestimmt beim Kotzen erstickt. Niemand sonst ist an meinem Bier gestorben, oder?“, versuchte Mutter das Fiasko zu erklären.

„In guten Häusern trinkt man Grutbier aus kleineren Bechern. Ich bin überzeugt, dass er das Essen nicht vertragen hat“, fügte ich einlenkend hinzu.

„Er war der perfekte Mann für dich. Ich sah, wie du ihn angesehen hast“, sagte Vater, als hätte er irgendeine Rücksicht auf meine Gefühle und mein Empfinden.

Waldemar wurde in einer kurzen Zeremonie auf dem Familienfriedhof begraben. Es waren nur die zwei Benediktiner Mönche und ich anwesend.

Vater und Nordian waren mit Vorbereitungen für eine Reise zu Salomons Jagdrevier beschäftigt, und Mutter nähte

Spitzhüte für den Markt. Die Hüte waren von Weitem sichtbar, und alle Bierbrauerinnen trugen sie, um gesehen zu werden.

Am Nachmittag verabschiedeten Mutter und ich Vater und Nordian. Diesmal ohne Hunde oder Geschenke für das Haus Salomon.

„Wir müssen jetzt reiten, damit wir noch kurz vor Anbruch der Nacht dort ankommen und unser Lager aufschlagen können. Sei nicht traurig. Ich werde für dich einen neuen Ehemann finden“, sagte Vater zum Abschied.

„Hoffentlich spricht sich nicht herum, dass Waldemar zu viel von meinem Bier trank, als er starb. Das wäre sehr schlecht für das Geschäft“, flüsterte Mutter.

„Keiner wird je annehmen, dass man von Biertrinken sterben kann. Ich weiß nicht, ob ich überhaupt heiraten will“, beichtete ich.

„Dein Vater sucht sich eine andere. Da bin ich mir zu sicher. Ich habe alle Tricks versucht, ihn wieder an mich zu binden, aber nicht mal der Ring der Liebe wirkt auf ihn. Die Liebe der Männer vergeht, umso tiefer unsere Busen im Alter sinken“, klagte Mutter.

„Oder deren Manneskraft schwindet“, setzte ich hinzu, und wir feierten lange den Tag.

*

Verletzt durch seinen Verlust der heiligen Wisente, ließ Salomon die Wälder bewachen.

Kurz bevor Vater und Nordian in Walslöngwalde eindrangen, hatten Salomons Wachen einen Empfang vorbereitet.

Das Lager wurde aufgeschlagen und für die Nacht ein Feuer angezündet. Nordian hielt Wache, während mein Vater schlief.

Ein geschickter Schlag auf Nordians Hinterkopf versetzte ihn in Ohnmacht, und zwei andere Wachposten Salomons banden die Hände meines Vaters.

Zu Hause waren wir uns des Ereignisses nicht bewusst. Die Götter sandten keine Vision. Doch unerklärlicherweise verstanden wir, dass dies gerade geschah.

Drei Tage, nachdem sie weg waren, kam Mutter vom Markt nach Hause und schickte die Mönche zu ihren Quartieren.

„Diese zwei Mönche bringen mich auf die Palme“, fluchte meine Mutter.

„Was haben sie getan?“, fragte ich.

„Sie weigerten sich, den Spitzhut zu tragen. Diese Kuh von Sachsen war mit ihren sechs Töchtern auf dem Markt. Alle trugen diesen scheiß Hut, und man könnte ihren Ausschank sogar von der Insel sehen.“ Sie warf ihre unbenutzten Hüte auf den Boden.

„Hast du etwas verkauft?“, wollte ich wissen.

„Ja. Wir haben zwar alles verkauft, aber die Kerle gingen mit meinem Bier zum Stand dieser Kuh, um mit ihren Töchtern zu trinken.“ Sie holte die Kräuter vom Aushang herunter und roch, ob diese noch zu gebrauchen waren.

„Nächstes Mal gehe ich mit dir, und wir lassen die Mönche hier arbeiten.“ Wir lachten.

„Das Kloster verlangte Geld vom Marktbetreiber, weil sie selbst nichts produzieren. Das sind Parasiten“, fluchte Mutter.

Wir bemerkten nicht, dass unweit zwei Paar Augen uns beobachteten und vermutlich alles dem Bischof erzählt werden würde.

*

Zwei Tage danach hörten wir unsere Hausdame, die hechelnd hineinrannte. Wir verstanden zwischen Schnaufen und Pusten, dass Nordian wieder da sei.

„Wo ist dein Vater denn geblieben?“, fragte Mutter, als sie hinauskam.

„Er macht bestimmt mehr Ärger, da bin ich mir sehr sicher“, sagte ich zum ersten Mal meine Meinung, ohne diese zu verschleiern.

„Du wirst aber frech.“ Sie schaute mich liebevoll an. „Das mag ich. Du wirst eine Frau, wie ich werden wollte“, finalisierte sie.

Nordian war nicht sonderlich verwundet, aber sehr angeschlagen. Er ließ den Kopf hängen und ritt nicht erhaben wie sonst. Im trüben Wetter sah er umso düsterer aus.

„Wo ist Iron geblieben?“, fragte ihn meine Mutter.

Nordian hielt sein Pferd und stieg herunter. Seine Kleider waren zerrissen, und er trug nicht seinen edlen Mantel, sondern einen Schafwollumhang.

„Wir wurden von Salomons Wachen gefangengenommen“, sagte er endlich.

Das Gesicht meiner Mutter lief rot an. Sie schaute mich fragend an und drehte sich dann Nordian zu.

„Ich hatte ihn gewarnt. Wie ist die Situation?“ Mutter befürchtete, dass Salomon jetzt Grund genug hätte, unsere Mark anzugreifen und meine Familie endlich aus Brandenburg zu vertreiben.

„Sie haben uns gut behandelt, und als die Wache uns etwas zu essen brachte, bat Iron um eine Audienz mit König Salomon.“ Scham war in seiner Aussprache zu erkennen.

„Rede weiter“, forderte meine Mutter. Ich folgte ihr wie ein Schatten, da wir uns als Frauen in diesem Land vor einer Invasion ausgesprochen fürchten mussten.

„Sie ließen uns einen Tag ohne Essen, aber am nächsten Tag bekamen wir Speisen und Wasser. Bei dieser Gelegenheit fanden wir ein gutes Ohr bei der Wache, und dieser brachte Irons Ersuchen zu Salomon.“ Er legte eine Pause ein, und Mutter verstand, dass er dürstete.

„Hol ihm etwas Wasser“, befahl sie einem der Benediktiner, der hinter uns herumlungerte, sich der Aufgabe anzunehmen.

„Ich habe es geahnt. Die Götter haben gesprochen. Wieso hört ihr nicht auf mich?“, fragte sie, ohne auf eine Antwort zu warten.

Der Mönch kam mit einem Eimer und einer Kelle, das Wasser schwappte laut. Wie seine Füße in den Sandalen den Bodenfrost aushielten, war mir unbegreiflich.

„Verdammt noch mal“, Schrie meine Mutter den Mönch an. „Soll er wie ein Ross daraus trinken?“ Er duckte sich, ohne zu begreifen, dass sie einen Becher erwartete und nicht eine Kelle, aber der Mönch gab das Wasser weiter und verschwand in der Küche. Seine Miene verriet, dass er Mutter verwünschte.

„Ich wurde freigelassen mit der Aufgabe, eine Ablöse bei dir zu holen. Iron versprach, dass du viel Geld als Ablöse zahlen kannst.“ Nordian sah uns fragend an.

Einige Sekunden war es still, und Mutter überlegte, ob sie das wirklich gehört hatte.

„Ich soll ihn mit welchem Geld auslösen? Er gibt nur Geld aus und arbeitet nicht. Von seiner Jagd sehe ich auch kein Geld“, fasste sie die Situation zusammen.

„Er meinte, dass du von deinem Bier viel Geld versteckt hast“, flüsterte er.

Sie zitterte wie ein Vulkan vor dem Ausbruch.

Mutter ging auf Nordian zu und hob dabei ihren Rock, damit dieser vom schmelzenden Schnee nicht nass wird. Sie stand dicht vor ihm und schlug ihm heftig ins Gesicht.

„Ihr habt nichts Besseres zu tun in eurer Männerrunde, als über das Geld zu sprechen, was ich mit meiner Arbeit verdiene? Verdammte Arschlöcher“, fluchte sie heftiger als sonst. „Mein Geld.“

Nordian konnte mit Schwert und Schild kämpfen, und mit seinen Fäusten wäre er gewiss in der Lage, Bären zu bezwingen, aber vor dem Zorn meiner Mutter schien er sich zu fürchten.

„Er meinte ...“, versuchte Nordian zu verhandeln.

„Halt dein Maul, oder ich schicke dich dahin zurück, und ihr solltet in Salomons Kerker verrecken.“ Sie sabbelte beim Sprechen.

Nordian ging Schritt für Schritt rückwärts und schaute kaum auf das Gesicht meiner Mutter.

Sie schrie und weinte bitterlich stundenlang. Keiner wagte, sich ihr zu nähern, bis der Nachmittag kam.

„Dieser Idiot von deinem Vater wird uns ins Verderben führen. Sich mit Salomon anzulegen, war ein Fehler. Und sich jetzt noch erwischen zu lassen, ist weit übler“, sagte Mutter beim Abendessen.

„Kannst du das Geld aufbringen?“, fragte ich.

„Das war unsere Versicherung, um von hier wegzuziehen. Ich wollte, dass du wieder in unsere Heimat ziehst oder nach Irland. Hier mit dieser Religionsdiktatur sieht unsere Zukunft düster aus. Ich kann mir nicht vorstellen, dass so viele Maiden sich für deinen Vater interessieren, aber wer kann das vorhersehen. Ja, das Geld habe ich, aber wenn ich das Geld hinbringe, sind wir danach mittellos und von deinem Vater wieder abhängig.“ Der dickere Mönch näherte sich uns und servierte Bier für meine Mutter. Sie trank, hielt zwei Sekunden und überlegte.

„Zu viel Schafgarbe. Zu wenig Hopfen, und ich habe dir schon gesagt, nur unbefruchtete Hopfenblüten zu nehmen und nicht irgendwelche.“ Sie warf den Rest des Biers in den Eimer. Der Mönch nickte zweimal und ging rückwärts.

„Bring das weg“, befahl sie.

Er gehorchte, aber ich erkannte Wut an seiner Hand, die die Eimerhalterung so festdrückte, dass die Haut die Farbe verlor.

„Du könntest Onkel Etzel um Hilfe bitten. Eventuell musst du mit seiner Wirkung gar nicht so viel Geld zahlen“, schlug ich vor.

„Du hast Recht. Ich fahre zu Etzel, und du kümmerst dich um das Geschäft hier. Das Geld ist in meiner Holzschatulle mit den Intarsien. Achte darauf, damit wir zumindest einen Notgroschen beiseite haben.“ Mutter weinte weiterhin, und ich gab Zeichen an den in Ungnade gefallenen Mönch, den Tisch aufzuräumen.

Am nächsten Tag fuhr Mutter mit Nordian und meinem treuen Schenk zu Etzel. Die Fahrt bis zu seinem Reich dauerte mit der Kutsche fast vier Tage. Sie lud acht große Bottiche ihrer besten Biere auf den Wagen, und so rechnete ich eher mit einem Tag mehr für die Reise, damit die Fässer nicht unterwegs explodierten.

Wie sie mir später berichtete, war die Fahrt ereignislos, aber sie litt an dem feuchten Wetter. Die Durchfahrt durch Walsongwald verlief problemlos. Sie besuchte Prag, Brünn und Bratislava auf dem Weg und machte Kontakt zu anderen Bierhäusern und

Gaststätten. Schenk beherrschte die lokalen Sprachen auf dem Weg zu Etzel und half ihr treuergeben. Er ist von allen hier ein treuer Freund. Er versteht meinen Verlust. Die Welpen, die er mir gab, habe ich trainiert und in Mutters und seiner Abwesenheit getauft.

Obwohl Mutter des Öfteren jammerte, Onkel Etzel würde uns zu oft besuchen, geschah dies nur einmal, als er nach seinen [25]Patenkindern suchte, danach kam er nur zwei weitere Male vorbei.

Auf Bitte meiner Mutter sandte Etzel einen Boten mit einem Versöhnungsangebot an Salomon. Sein Einfluss in Europa gilt als unübertroffen, man würde sich seiner Empfehlung nicht widersetzen.

Mutter begleitete den Boten und wurde zum Abendessen ins Haus Salomon eingeladen. Ihr Bier wurde gerne angenommen, und ich bin mir sicher, sie übertrieb nicht, als sie die zahlreichen lobenden Worte von ihm und seiner Familie zitierte.

25 Hildegundes Sage

Sie trug zum Anlass ihre besten Kleider, ohne zu beachten, dass diese dieselben waren, mit denen Onkel als Heppa die Marktfrau dort erschien.

Salomon lachte und machte sogar Witze über Apollonius Einfall.

„Soll ich dir glauben, dass du eine Frau bist, oder muss ich dir zur Bestätigung zwischen die Beine fassen?“ Mutter konnte sich bestens wehren und ließ ihn rot bis zur Haarwurzel anlaufen, als sie ohne Scham ihr Kleid hochhob.

„Tut mir leid, Isolde. Dies war nur ein Witz, zu Lasten deines Schwagers“, sagte Salomon mit zittriger Stimme, berichtete Mutter. Dies war keine nette Zusammenkunft, und sie achtete darauf, ob weitere indiskrete Details über Onkels Unfähigkeit, eine Ehe zu vollziehen, bekannt wurden.

„Nun, was soll ich mit dem Deppen machen? Ich brachte dir mein bestes Bier und viele Gulden. Mehr kann ich leider nicht anbieten“, konfrontierte Mutter Salomon mit ihrer Situation.

„Dein Mann machte leider zu viel Ärger hier, und für das Töten des heiligen Wisents müsste er mit seinem Leben bezahlen. Ihn nur in den Kerker zu werfen, ist eine gnädige Tat von mir.“ Salomon gab sich gerechter denn andere, als würde sein Urteil über alles erhaben sein.

„Diesbezüglich kann ich dir nicht widersprechen. Wenn ich noch als Priesterin der Freya wie in meinem Land tätig wäre, würde ich dir zustimmen und die Lunte für seinen Scheiterhaufen selbst anzünden. Leider ist er nur kindisch und ein Mann. Männer können sich nur durch Zerstörung und Tod ausdrücken.“ Mutter sagte, dass sie ihn mit ihrer Aussage beeindruckt habe.

„Ich stimme ihr sehr zu, und du lässt Iron sofort frei“, sagte Salomons Frau entschlossen. Angeblich sprach sie den ganzen Abend nicht und war besonders zurückhaltend, aber sie zeigte sich mitfühlend mit Mutters Situation.

Vater wurde freigelassen, und nach einem gründlichen Bad kam er wie befohlen zu Tisch. Sie sprachen über die arme Herburg und beteuerten, dass der Vorfall mit Apollonius nur ein Unfall war, und verschwiegen geschickt seine Beziehung zu Truchsess.

Vater versprach auf seinen Knien, sich niemals für seine Verhaftung rächen zu wollen und entschuldigte sich mehrfach für seine impulsive Reaktion.

Sie fuhren wieder heim, und Nordian und Schenk lachten die ganze Zeit zufrieden. Zu Hause wurde gefeiert, als sie alle drei Tage nach Salomons Dinner ankamen.

„Wo ist das Geld?“, fragte Mutter am Morgen nach der Feier.

„Ich habe es nicht benutzt. Ich war auf dem Markt, und die Einnahmen habe ich noch nicht in deine Truhe gebracht“, erklärte ich meiner Mutter.

„Wo sind die Mönche?“, fragte sie anschließend.

„Sie sind immer so leise. Ich habe sie nicht vermisst. Ich gehe zur Scheune“, sagte ich.

Die Mönche waren weg und unsere Reserven auch. Es war klar, dass sie sich an dem Geld bereichert hatten. Mit Mutters

Abwesenheit und dem wenigen Hauspersonal war das eine leichte Beute. Vater war nicht anwesend, als wir das Geld suchten. Er blieb vier Tage weg.

„Entweder die Mönche haben uns bestohlen, oder dein Vater hat sich über meine Sachen hergemacht“, überlegte sie.

„Wir sollten abwarten. Bis Vater wieder da ist, können wir das auch nicht klären. Jedoch wenn er wieder da ist, setzen wir ihn unter Druck“, sagte ich.

Wir lachten über den Vorfall während der Jagd und Vaters Verhaftung, und alles war friedlich. Aber wie zu erwarten war, Frieden hält nicht ewig.

Am Nachmittag des fünften Tags nach der Rückkehr kam Iron mit den zwei Mönchen auf neuen Pferde und mit acht Soldaten der Inquisition. Es war kaum zu übersehen, dass Vater Geld in einer Börse an seiner Hüfte trug, und seine neuen Kleider aus feinem Stoff waren nicht günstig.

„Isolde“, rief er. „Begleite diese Herren, die Inquisitoren der Stadt wollen mit dir reden. Sie nahmen einen Teil des Geldes als Kirchenabgaben. Ich habe dir gesagt, dass sie keinen Lohn forderten, aber etwas von deinem Geld sollte schon an die Kirche gespendet werden“, erklärte er und tat sich empört.

„Wegen des Tods des jungen Waldemars musst du dich vor dem Richter erklären“, sagte der dickliche der Mönche. Deren Namen habe ich nie verstanden, und ich mochte sie sowieso nicht.

Mutter wusste, dass sich dagegen wehren zu wollen, fatal wäre, und so begleitete sie diese schweigend. Ihr war klar, dass der Tod von Waldemar zu unversehens kam und der Verdacht, dass der Junge sich mit dem Bier vergiftet habe, in der Luft lag. Wir schwiegen diesbezüglich, aber es war hier und da als Tratsch von Apollonius zu hören. Die Mönche sprachen mit dem Bischof darüber. Da bin ich mir sicher.

„Wieso hast du mein Geld gestohlen?“, fragte sie Iron.

„Du unterstehst mir. Es ist so definiert, dass dein Geld auch meins ist, und ich habe mir nur genommen, was mir zusteht. Pater Erasmus hat mir von deinem Versteck berichtet, und ich habe es mir nur genommen, weil ich es brauche. Ich muss darauf achten, dass der Aufenthalt in Salomons Kerker mein Ansehen in Brandenburg nicht belastet“, erklärte Vater ohne ein Anzeichen von Scham.

„Du erstrebst nur, von den Weibern angesehen zu werden. Wie kommt der Inquisitor auf die Idee, mich für Waldemars Tod zu befragen?“, wollte sie wissen.

Alle Männer schauten sich gegenseitig und dann meinen Vater an und warteten auf eine Erklärung.

„Es war vielleicht ein Missgeschick von Apollonius. Er meinte, dass der unkontrollierte Genuss deines Biers einen umbringen kann. Der Richter will nur sicher sein, dass nichts dahintersteckt.“ Vater suchte nach Worten und schien am Ende seiner erfolglosen Suche angekommen zu sein.

Der Richter ließ uns vierzehn Tage nach Mutters Abfahrt informieren, dass sie die [26]peinliche Befragung nicht überlebt habe.

Angeblich war sie zu geschwächt von ihrer Reise nach Etzels Königreich und zurück, und ihr Quartier in dem Gefängnis sei für ihre empfindliche Gesundheit nicht förderlich gewesen.

„Mörder", hallte es in meinen Gedanken.

Mutters Tod setzte mir zu. Ein weiterer Verlust im Leben. Erst meine Tiere, dann sie. Ich ließ ihre Asche vom Marktplatz holen und verstreute diese nahe des Lindenbaums, den sie so gerne hatte.

Da sie während der Befragung starb und kein Leumund bestellt werden konnte, galt sie als schuldig, und ihre Bestattung fand auf einem Scheiterhaufen statt, da sie nicht in geweihtem Boden begraben werden durfte.

Die zwei Benediktiner, die bei meiner Mutter das Bierbrauen lernten, brachten die Kunde zu uns.

[26] Mittelalterliche Befragung der Inquisition (Tortur)

Vater bedankte sich für diese Nachricht sogar. Die Mönche nahmen Kräuter und Kessel für das Bierbrauen in einer von uns geliehenen Karre mit. Angeblich sollten sie zur Sicherheit der Kunden ohne Gefahr und frei von verbotenen heidnischen Kräutern arbeiten.

Für mich blieb unklar, wie das mit Mutter geschah. Aber nicht lange, nachdem uns das Biergeschäft gestohlen wurde, kamen Onkel und Truchsess zu Besuch.

Wir saßen alle zusammen beim Abendessen, und Onkel Apollonius soff mehr als gewöhnlich. Aber da Alkohol auch die Zunge lockert, servierte ich ungehemmt nach. Ich wollte seiner Beziehung zum Kloster auf den Grund gehen.

„Als Pater Erasmus mir von der jungen Bolfriana berichtete, sagte er noch dazu, dass Hache sich mit ihr vermählen will“, lachte er wie ein altes Waschweib.

„Junge Bolfriana?“, fragte mein Vater. Er hob seine Augenbrauen, als hätte er eine persönliche Einladung bekommen, der unschuldigen Frau nachzustellen.

„Ja. Jetzt ohne dein blödes Weib, Gott gehabe dieses Monster selig, brauchst du ein neues, das sich um Haus und Herd kümmert. Die Drachenfels‘ sind berühmt und angesehen beim Volk“, prostete er zufrieden.

„Aber Onkel, du lebst auch ohne ein Weib an deiner Seite nicht schlecht. Wieso musst du dich bemühen, für Vater so schnell einen Ersatz für Mutter zu finden?“, fragte ich.

„Bolfriana kommt aus gutem Haus und verwaltet einen Nachlass. Sie ist auch jung und kann einen Erbe gebären“, fasste er zusammen.

„Aber wieder ein Weib im Haus zu haben, das mir widerspricht, ist gefährlich. Ich konnte mit Isolde kaum noch reden. Wegen dieser Verhaftung von Salomon musste ich Unbeschreibliches ertragen“, jammerte mein Vater. Er schämte sich nicht, dass die Hälfte seiner Behauptungen auf Lügen basierte.

„Wir müssen nur den richtigen Moment abwarten. Hache ist sehr wachsam, und bestimmt wird er Bolfriana nicht freiwillig hergeben“, sagte Vater.

„Mach dir keine Sorgen. Ich habe beste Beziehungen zu den Inquisitoren. Seit ich deren Gottes Taufe empfangen und sie mit der Errichtung der Brauerei unterstütze, fressen sie mir aus der Hand. Wenn sie auch aufmüpfig ist, können wir uns von ihr trennen und eine noch jüngere suchen, wie ich mit Isolde tat“, sagte Apollonius, bevor er sein Hemd lockerte. Er lachte unbekümmert, als sei diese Welt nur für Männer gemacht.

„Sie wird kaum eine Ehe mit mir der zu Hache vorziehen. Er ist jünger und hat auch einen adligen Titel“, wog Vater ab.

„Aber du hast den Ring der Liebe“, sabbelte Onkel Apollonius beim Sprechen.

Bolfriana

Im Saal des Archivs flackerte das Licht, mein Monitor wurde rötlich, als mich jemand von der Seite anstieß.

„Warum weinst du?“, fragte ein Kommilitone.

Es war mir weder bewusst, dass ich weinte, noch dass mittlerweile der Saal voller Kollegen war, die sich um die Ausstellung bemühten.

Ich benötigte einige Minuten, bis ich meine Tränen trocknete und mich zusammenriss.

Das Schicksal der Isolde die Anmutige ging mir während der Lektüre nahe, und ich ließ mich zu sehr in Gefühle ein.

„Es ist bestimmt das Starren auf alte Monitore“, entschuldigte ich mich. Ich stand auf und besuchte die Toilette.

Das Unrecht, das Isolde geschah, und wie ihre Tochter alles in ihrem Tagebuch zusammenfasste, gab mir einiges zu bedenken.

Vier Stunden waren bereits vergangen, und ich musste den Rest der Geschichte erfahren, bevor ich die bestellte Ausarbeitung für den Ausstellungsempfang formulieren könnte. Ich nahm wieder Platz und vertiefte mich in meine Lektüre.

*

Vaters Trauer, wenn es sie überhaupt gab, war nicht von langer Dauer, und als ich von

Onkel Apollonius Mitwirken bei der Beschuldigung meiner Mutter erfuhr, hielt ich es für strategischer, alles schweigend zu beobachten.

König Etzel wurde über Isoldes Tod informiert, und seine Antwort kam von einem Auftrag begleitet. Vater sollte ihn und weitere Ritter nach Rom begleiten. Dort würde eine große Zusammenkunft stattfinden, und die wichtigsten Männer des Reichs waren verpflichtet, in Rom zu sein. Der Gastgeber nannte sich [27]König Ermenrich nach dem alten Regenten der Greutungen aus dem Geschlecht der Amaler.

Ich übernahm meistens die Aufgabe, meinen Vater über die Namen und Persönlichkeiten des Reichs zu informieren. Darum nahm er mich mit auf die Reise unter der Vorgabe, dass ich möglichst bescheiden sprechen solle.

Nordian hielt mich über die Geschehnisse informiert, und als eine der wenigen Frauen im

27 Aus dem nordischen Jörmunrek aus dem IV. Jahrhundert

Zug hörte ich alles, was Aufmerksamkeit suchende Männer mir erzählten.

Der Tross ritt erst nach Breisach am Rhein. Dort wurden sie von Hache empfangen, und er lud die Wichtigsten der Männer zu einem Gastmahl in seine Burg. Ich trappelte mit meinem Pferd zur vordersten Reihe, und ohne ein Wort zu sagen, holte ich mir die erforderliche Aufmerksamkeit.

Als der Herzog mich ansah, bekamen seine Augen einen sichtbaren Glanz.

„Ich war nicht auf eine so edle und anmutige Begleitung vorbereitet." Er ritt näher und gab mir seine Hand. Vater stieß mich in die Seite, als er sein Interesse wahrnahm.

Ich ignorierte Iron und lächelte diplomatisch und neutral, aber Herzog Hache ließ meine Hand nicht los, und wir ritten zusammen in die Burg hinein.

Am Abend servierte Bolfriana Wein und präsentierte die Tänzer aus dem Süden zur Unterhaltung der Gäste. Als ich ihre Begabung im Umgang mit Gästen beobachtete, lernte ich allerlei über das Frausein. Die Eingeladenen befolgten alles, wie sie es bestellte, und sie benötigte weder einen barschen Ton, noch musste sie jemand schlagen.

„Was für eine Dame“, staunte ich in Gedanken.

Bolfriana war berühmt, jeder kannte die neun Töchter von Drachenfels, aber sie war angeblich die charmanteste von allen. Ich sah aus der Ferne, wo die anderen Frauen saßen, und begab mich dort hin.

Mir ist nicht entfallen, dass die Augen meines Vaters sie verfolgten. Bolfriana war ebenfalls von seinem Aussehen beeindruckt.

Iron hatte langes reizvolles goldblondes Haar, weiße Haut, ein markantes Gesicht. Seine hellen Augen und kalkweißen Hände verschlugen vielen Frauen, die ihn nicht kannten, den Atem.

Der Empfang war anfangs laut, und alle soffen ungehemmt. Leider durfte ich nicht mitfeiern, da meine Aufgabe dies nicht erlaubte. So beobachtete ich Vaters Benehmen.

Ohne Scham oder Respekt vor seiner kürzlich verstorbenen Ehefrau machte er Bolfriana den Hof. Sie benahm sich auch nicht viel besser, und so lagen sie am Ende des Abends Nase an Nase und sprachen über ihre gegenseitigen Interessen. Dies hörte ich ohne viel Mühe.

In diesem Moment packte Vater aus seiner Tasche einen kleinen Beutel und holte den Ring der Liebe heraus.

Das Schmuckstück flimmerte und glitt auf Bolfrianas Finger.

Ohne Mutter an meiner Seite war es mir kaum möglich, den Wunsch der Götter zu verstehen oder nachzuvollziehen. Ich bezweifelte ihre Glaubensüberzeugung nicht, aber erkannte, dass mir selbst jegliche Glaubensrichtung fehlte. Ich sah nur einen alternden Mann, der sich für ein junges laszives Mädchen interessiert. Und beide standen davor, einen großen Fehler zu begehen.

Als ich merkte, dass Herzog Hache auf Irons und Bolfrianas schamloses Spiel aufmerksam wurde, entschied ich, ihn abzulenken.

Ich setzte mich an seine Seite und schaute ihn an. Er war ebenso maskulin wie Waldemar, aber betörender.

„Magst du tanzen?“, fragte er mich. Seine Augen visierten meine und nicht meinen Körper, was mich erleichterte.

„Ich bewege mich wie ein Troll. Ich habe nie getanzt“, errötete ich leicht über meinen Mangel an Gesellschaftsbenehmen.

„Was macht ein so edles Mädchen wie du sonst?“, fragte er.

„Ich pflege meine Hunde und trainiere sie.“ Da fanden wir ein Thema, das uns beide außerordentlich interessierte, und ich konnte ihn von Vaters Treiben ablenken.

Ich durfte Iron für sein Verhalten nicht rügen, denn ohne Mutter konnte auch ich dann zur Obdachlosen werden. Im eigenem Interesse schwieg ich und belauerte seine Unbekümmertheit. Da nicht viele das Geschehen beobachteten, hielt ich es für klüger, mich weiter mit Herzog Hache zu unterhalten und dessen Begeisterung für meine Kultur anzuhören.

„Als Priesterin der Gefjun, darfst du dann nicht heiraten?“ Fragte er.

„Unsinn. Ich will nur nicht den falschen heiraten. Beinahe sprach ich das Ungewollte aus und entschied, den Rest meines Biers auf den Tisch zu stellen.

Am nächsten Morgen teilte uns Etzel mit, dass er mit der ersten Gruppe nach Rom voranreiten und uns ankündigen würde.

Einer der Ritter war unangenehm vorlaut und bestand vor der Abreise auf einen Wettkampf. Sein Name war Dietlieb. Er verlangte insbesondere ein Duell gegen [28]Walther von Wasgenstein, da er von Hildegunde selbst hörte, wie heroisch er sie vertrat.

Alle anderen wollten mit Etzel reiten und die Ersten in Rom sein. Kaum einer blieb zurück. Ich hielt diesen Dietlieb für einen Trottel, so ignorierte ich ihn und stellte mich an Irons Seite für den Weg nach Rom auf.

28 Walther von Hildegundes Sage

Vater ritt neben Etzel, und ich benahm mich wie erwartete. Alle Kilometer der Straße sah ich Hunde, wodurch meine Sehnsucht schmerzlicher wurde.

„Willst du sie alle mitnehmen?“, fragte Herzog Hache.

„Manchmal ja, aber die Pflichten hier lassen mir kaum Zeit dafür“, bemerkte ich.

„Nicht alle Pflichten sind schlecht, und mit etwas Kreativität kann man alles mit Hingabe gestalten“, erklärte er.

„Was tut eine Herzogin?“ Wollte ich wissen.

„Herzöge gründen Städte und unterschreiben Steuern und Gesetze, während die Herzoginnen sich um die Kirche kümmern. Sie gründen Klöster, Kirchen und spenden Geld an die Armen“, sagte er fast emotionslos.

„Eine Aufgabe ohne Ende, oder?“

„Alles hat ein Ende. Auch diese Reise ist irgendwann mal vorbei“, sagte er.

„Das Leben meiner Mutter ist auch vorbei“, erzählte ich ihm.

„Die Inquisition ist krimineller als die meisten Mörder in Europa. Das will ich in Rom auch thematisieren“, sagte er.

Angesichts Irons Interessen waren meine Zukunftsaussichten etwas düster.

Er bemühte sich, einen anderen Mann anzuwerben, der Waldemars Platz an meiner Seite einnehmen könnte. Ich jedoch wünschte mir, ohne einen Partner in Frieden leben zu können.

Zwei Wochen später fuhren wir wieder über Breisach auf dem Weg nach Hause.

Etzel verabschiedete sich von uns und teilte allen mit, dass er Richtung Hunnenland fahren würde. Er bedankte sich bei Herzog Hache für dessen Gastfreundschaft.

Vater verschwand bei dem kurzen Empfang und traf Bolfriana im Garten. Ich sah, wie er sich wie ein Pubertärer benahm. Ich wagte nicht, ihn darauf aufmerksam zu machen, dass er sich nicht mit einer frisch verheirateten Dame treffen sollte.

Herzog Hache schien etwas naiver zu sein, als wie für einen Mann in seiner Position gut ist, aber er war freundlich, und Etzel schätzte ihn sehr.

Kurz vor Ende des Empfangs kam Vater, als wäre er die ganze Zeit da gewesen. Seine unordentliche Kleidung verriet, dass sein Treffen mit Bolfriana alles andere als sittlich verlief, aber dies fällt sicher nur einer Frau auf.

„Auf Wiedersehen, junge Dame. Komm gut nach Hause, und es freut mich, wenn du uns wieder besuchst. Noch will ich dir das Tanzen beibringen", verabschiedete uns der Herzog.

Wir ritten nach Brandenburg, und Vater prahlte zu laut über Bolfrianas Bewunderung seiner Männlichkeit. Wir waren vier Tage unterwegs, und an unterschiedlichen Stellen verabschiedeten wir einige unserer Reisekameraden, die in eine andere Richtung abbogen.

Endlich wieder zu Hause erwartete uns eine unbehagliche Nachricht.

Der junge Truchsess begrüßte uns, und mit gerötteten Augen suchte er einige Sekunden nach Worten.

„Apollonius wurde von dem Inquisitor angeklagt“, sagte er.

Vater war überrascht und gleichzeitig besorgt, da er sofort annahm, dass Salomon über die Hintergründe des Todes seiner Tochter erfahren habe.

„Hat Salomon sich an den Inquisitor gewendet? Wie kam dies zustande? Er war so gut mit Pater Erasmus befreundet“, begründete mein Vater seinen Verdacht.

„Nein, Salomon ist da nicht involviert. Pater Erasmus ist ebenfalls angeklagt.“ Truchsess gab sich erleichtert.

„Was? Diese Inquisitoren klagen auch Menschen aus den eigenen Reihen an? Was werfen sie ihm vor?“, wollte Vater wissen.

„Das weiß ich nicht. Sie holten ihn vor einer Woche und lassen keinen Besuch in den Gefängnisturm rein. Ich entschied mich, auf euch hier zu warten, da ich Angst habe, dass sie auch mich anklagen“, meinte Truchsess leicht zitternd.

„Das verstehe ich nicht.“ Vater schüttelte mehrfach seinen Kopf. Verzweiflung schien ihn zu plagen, und ihm fehlte in diesem Moment meine Mutter. Sie würde wissen, wie man in dieser Lage vorgehen sollte.

„Jemand schrieb einen anonymen Brief an den Inquisitor, in dem Pater Erasmus, sein Lehrling und Apollonius mit etwas beschuldigt werden. Ich versuchte mehr zu erfahren, aber die Wachen der Inquisitoren sprechen Latein und sind nicht sehr gesprächig.“ Truchsess war ebenfalls kein kommunikationsbegabter Mensch, und so war es klar, dass er weder Information noch Hilfe je erlangen würde.

„Ich fahre am Morgen hin und versuche, dies zu klären. Würdest du mich begleiten?“, fragte Vater Truchsess.

Es blieb einige Sekunden still im Raum, und Truchsess schaute misstrauisch um sich herum. Endlich schien er die Worte gefunden zu haben, die er in dieser Zeit gesucht hatte.

„Es kann sein, dass die Inquisitoren auch etwas gegen mich in der Hand haben. Ich habe mich entschieden, nach Süden zu reiten und eine Weile weit weg von den Inquisitoren zu leben.“ Noch bevor jemand Einspruch erheben konnte, hob er seine Hand.

Es war mehr aus Truchsess Aussage zu hören, jedoch Vater schien dies nicht zu begreifen.

„Die Inquisitoren klagen ihn wegen Sex mit Truchsess an, das ist klar“, dachte ich, aber wagte es nicht auszusprechen.

Ich servierte mit unserer Hausdame etwas zu essen und versuchte, von ihr zu verstehen, was in den letzten Tagen in Brandenburg geschah.

Sie wusste nichts Genaueres, aber in der Stadt sprach man über Unzucht und widernatürliches Verhalten.

„Ich hatte recht“, dachte ich.

Vater hörte dem Getratsche aufmerksam zu, dabei sank sein Unterkiefer immer tiefer, als würde er eine ganze Kuh verschlingen wollen.

„Aber das kann nur eine Lüge sein“, stellte Vater erstaunt fest, als sie eine Pause einlegte.

Der Inquisitor aus Rom war unbeugsam und von seiner Religion extrem besessen. Wir wagten es nicht, ihm zu sehr zuzusetzen, und Vater wollte einen Boten zu Etzel schicken.

„Vater, tu das nicht!“, sagte ich.

„Wieso soll ich deinem Onkel nicht helfen?“, fragte er.

„Wir kennen die Beziehungen der Kirche nicht, und Etzel hat eine von der Kirche gesegnete Krone. Wenn wir uns zwischen ihn und seine Kirche stellen, werden wir verlieren. Ich empfehle, dass du dich als Leumund für Onkel anbietest. Eventuell kannst du für ihn Fürsprache abgeben. Wenn noch herauskommt, dass er für Herburgs Tod verantwortlich ist, dann sind wir wegen Komplizentum mitschuldig. Du muss vorher feststellen, was ihm vorgeworfen wird“, versuchte ich vernünftig zu argumentieren.

Vater zuckte zusammen, als er endlich meine Gedanken verstand. Ihm wurde klar, dass auch das Hauspersonal und viele andere von

Apollonius Neigung wussten. Er war egoistisch, und schnell begriff er, dass sein Bruder ihm mehr Schwierigkeiten bereiten, als er verkraften konnte.

Ich wusste, dass Vaters Egoismus über jeglichem Familienband stand. Zwar nicht am Abend, aber am nachfolgenden Tag rief Vater alle zusammen.

„Ich habe mich entschlossen, für zwei Monde auf Jagd zu gehen, und werde Nordian und Schenk mitnehmen“, begann Vater.

„Diesmal kannst du aber keinen Hund mehr mitnehmen“, sagte ich herausfordernd. Ich war immer noch wütend über meinen Verlust.

Ohne Vorwarnung schlug er mich heftig, und als ich den Boden erreichte, hob er seine Augenbrauen, als wäre er mir überlegen.

„Sei nicht frech. Deine Mutter kann auch nicht mehr ihr Schandmaul gegen mich einsetzen. Denk daran“, drohte er.

„Züchte neue Hunde für uns. Ich bringe dir die Welpen meiner verstorbenen Hunde Luska und Ruska.“ Schenk war treu, aber auch sehr unschuldig. Ich fand dies nett von ihm und ertrug die Erniedrigung durch Iron.

Mir war klar, dass Vater mich diesmal nicht mitnehmen würde. So akzeptierte ich die Umstände, nickte und ging meinen Aufgaben nach.

„Entschuldige Vater. Es war nicht recht dich auf diese Weise anzusprechen.“ Ich stand auf und senkte den Kopf als Zeichen des Respekts. Insbesondere jetzt, ohne den Beistand meiner Mutter.

Vater hielt kurz und kam auf mich zu. Ich hob zum Schutz meine Hand.

„Sei nicht töricht. Schreibe für mich einen Brief“, sagte er. Wir gingen zur Veranda, ich holte mein Schreibzeug und bereitete mich für die Niederschrift vor.

Er diktierte schmalzige Zeilen voller Liebe und männlichem Drang, die ich ohne Widerwort niederschrieb. In jedem Satz sprach er über seine Macht und edle Herkunft. Kein Wort würdigte Mutter oder gar meine Person.

Er holte das Blatt und überprüfte, als ob er die lokale Sprache verstehen oder gar des Lesens befähigt wäre.

„Bitte Vater, begib dich nicht in Gefahr. Sende einen deiner Männer zu Herzog Haches Burg und befehle ihm, den Brief insgeheim zu überbringen. Vergewissere dich, dass Herzog Hache euch nicht erwischt, oder warte auf eine bessere Gelegenheit“ empfahl ich.

„Sehr klug gedacht. Du kommst wirklich nach deiner Mutter “, sagte er, während mir das Blut im Kopf kochte.

„Aber auch dein Vater kann denken. Herzog Hache muss in den kommenden Tagen mit Dietrich von [29]Bern nach Rom. Das habe ich eben erfahren. Darum organisierte ich diesen Ausflug. Es wird alles bestens klappen, und wenn der Ring funktioniert, wie deine Mutter immer gepriesen hat, haben wir bald eine neue Herrin in Brandenburg“, und stolzierte mit seinem Brief in Richtung der wartenden Männer.

29 Ortsname für Verona

Mein Körper zitterte gleichzeitig vor Angst und Wut. Jedoch war ich beherrscht und lächelte, als er sich verabschiedete.

Vater und seine Kumpane jagten einige Tage in Gebieten, die kaum für die Jagd geeignet sind. Wie ich erwartete, befahl er die Truppe in Richtung des Amelungenlandes nach Breisach. Ob einer diese Männer den Grund dieser Jagd erahnte , glaube ich kaum.

„Schenk“, rief Vater, als sie sich in der Nähe von Haches Burg befanden.

Treu gehorchte er blindlings allen Allüren seines Herrn.

„Verkleide dich als Spielmann, geh in Herzog Haches Burg und überbringe diesen Brief an Bolfriana. Frage herum, wann er nach Rom fährt. Achte jedoch darauf, dass dich keiner bemerkt oder erkennt.“ Schenk nickte und tat, wie ihm befohlen wurde.

Am Nachmittag des nächsten Tages kam er wieder in Vaters Lager, und trug noch seine Spielmannskleider.

„Heute gibt es eine Party in der Burg. Bolfriana von Drachenfels sagte, du sollst warten, bis die Ritter am Nachmittag die Burg verlassen. Sie wird im Garten auf dich warten“, flüsterte er und beachtete, dass keiner mithörte.

„Zieh diese lächerlichen Klamotten aus. Du bleibst hier mit den anderen und wartest, bis ich zurückkomme.“ Schenk gehorchte und lief geduckt rückwärts, aus dem Zelt.

Die Trompeten klangen laut und kündigten die Abreise des Herzogs an.

Vater saß unweit der Burg auf einer Erhebung und beobachtete das Geschehen wie ein Fuchs, der einen Hühnerstall im Visier hat.

Nach Abfahrt der Ritter wartete Vater eine knappe Stunde und sah, wie wieder Ruhe in die Burg einkehrte.

Noch bevor die Sonne unterging, ritt Vater und ließ seine Kameraden im Lager. Sie wurden von Schenk unterhalten und angewiesen, ihm nicht nachzureiten oder ihn gar zu stören. Er meinte, Schenk solle am nächsten Tag kommen, und sie würden dann zurück Richtung Heimat reiten. Eine Wache von Hache erkannte unser Wappen mit zwei Hunden und Habicht auf den Schilden und verließ die Burg.

Inzwischen schritt in Brandenburg der Prozess gegen Apollonius voran. Da kein Leumund für Onkel sprach, wurde er verurteilt und wegen Unzucht hingerichtet.

Der arme Praktikant wurde von Pater Erasmus beschuldigt, seinen Körper mit dem Teufel geteilt zu haben, um ihn in der Nacht zu verführen. Er selbst kam ungeschoren davon. Die Kirche war sein Leumund und dankbar, dass Pater Erasmus einen Schuldigen fand.

Als ich die erschreckende Nachricht bekam, zitterte ich und gab dem Boten zwei Silbermünzen, dabei überlegte ich, was aus Tyra werden sollte.

Bolfrianas Treulosigkeit war in den Frauengesprächen an Haches Hof ein heißes Thema. Sogar in der kurzen Zeit, die ich dort verbrachte, erreichte mich der Klatsch.

Vater ahnte nicht, dass Hache über die Untreue seiner Frau bereits zuvor informiert wurde. Er war nur einer der vielen Verehrer, die ihr nachstellten. Anzunehmen sogar der Dümmste von allen.

Entschlossen, dieser Situation ein Ende zu setzen, schlug Hache sein Lager nur eine Stunde von der Festung entfernt auf und ritt Mitte der Nacht mit den treuesten seiner Männer zurück.

Auf seinem edlen Ross sitzend, öffnete er einen Brief, den er kaum erwartet hätte. Der Duft von Kräutern und die zierliche Schrift ließen sein Herz höher schlagen. Motiviert durch den Impuls, den diese Zeilen ihm gaben, zeigte er seinen Männern die Richtung, wo sie hingehen sollten.

Sie stiegen vor den Burgtoren von den Pferden und liefen leise hinein.

In Herzog Haches Schlafzimmer lagen Bolfriana und Vater nackt aneinandergeschmiegt. Eine Öllampe lieferte ausreichend Licht, um die Untreue zu erkennen. Er stellte sicher, dass die treuesten seiner Paladine die Lage bezeugen konnten.

Er litt unter dem Ruf eines Regenten, der seine Frau nicht befriedigte. Bolfriana sorgte dafür, dass dies jeder Mann in Breisach erfuhr.

Sie machte auch kein Geheimnis daraus, dass sie bessere Liebhaber wünschte.

Erfüllt von Zorn, stach Herzog Hache mit seinem Langschwert in Bolfrianas Rücken und durchbohrte Vaters Herz.

Alle Freunde von Hache traten ins Zimmer hinein, zündeten weitere Öllampen an und betrachteten das Blutbad, wo Untreue und Verrat sich betteten.

Er wischte bittere Tränen aus seinem Gesicht und rief den treuesten Paladin zu sich. Kurze, aber deutliche Anweisungen für eine wichtige Botschaft wurden diktiert, während das Blut aufhörte zu fließen und in dunklen Klumpen trocknete.

Die entsetzten Gesichter seiner Kumpane blickten auf die Leiche, die sie aus dem Gemach des Herzogs entfernten.

Beide Körper wurden am kommenden Tag in einem Grab unweit der Burg bestattet. Das Wappen meiner Familie und das Band der Drachenfels‘ dekorierte die Verbindung.

Er nahm seinen Weg nach Rom weiterhin in Trauer und Zorn, gab aber dennoch Anweisungen an das Personal der Burg, sich auf Besuch einzurichten. Insbesondere, das Blut aus seinem Schlafzimmer sei zu entfernen.

Dietrich von Bern, der Herzog Hache nach Rom begleiten sollte, kam einen Tag zu spät, da der Weg vom Regen extrem schwer passierbar wurde. Er ritt in Richtung Burg und entdeckte das Grab, wo Bolfriana und Iron bestattet wurden.

Unklar, ob diese von Räubern attackiert wurden oder sogar an der Pest erkrankten, ritt er weiter zum Herzog in Richtung Rom.

Er konfrontierte Hache mit seinem Fund, und dieser beichtete in Tränen die Untreue seiner Frau und den Verrat eines Markgrafen.

Dietrich von Bern ist ein Mann der Ehre, und er bestand darauf, eine würdige Gruft für Vater zu richten. Die arme Bolfriana wurde trotz ihres adligen Standes nur namenlos dort beigesetzt.

Zwei Tage später ritt Dietrich von Bern mit Herzog Hache nach Rom.

Da Vater zu lange abwesend war, entschied Nordian, ihn mit drei Männern zu suchen. Der Proviant war fast aufgebraucht, und er sorgte sich um Brandenburgs Sicherheit, das, seit Vater dies übernommen hatte, durchgehend ohne Führung dastand.

Kurz vor der Burg sahen sie das Grab mit unserem Wappen auf dem Schild, zwei Hunde und der Habicht, und erkannten, dass Vater nicht mehr unter uns weilte. Die von Dietrich von Bern eingerichtete Gruft war edel, aber das Zeichen des Verrats gab Auskunft über den Grund des Todes.

Herzog Haches Wache kam von der Burg herunter und informierte Nordian über das Geschehen, und in Trauer ritten alle zu Etzel.

Der König benannte einen neuen Markgrafen, und Brandenburg sollte einen frischen Herrn bekommen.

Isolde die Schöne

Als die Männer wieder in Brandenburg ankamen, war ich zur Überraschung vieler für die Abreise vorbereitet.

„Wir haben schlechte Kunde“, sagte Nordian mit einem Hauch von Mitleid, das ich wenig schätzte. Es schien, dass alle in mir sahen, was man sich vorstellte, aber nicht das, was ich bin.

„Ich glaube kaum, dass du mich überraschen kannst. Sprich. Wir haben nicht viel Zeit“, sagte ich.

„Dein Vater wurde von Herzog Hache ermordet, als er ihn mit seiner Frau Bolfriana im Bett erwischte“, murmelte Nordian und senkte seinen Kopf als Zeichen des Respekts.

Ich nickte und rief meine Hunde zu mir.

„Wie hast du das vorausgesehen? Sprechen die Götter mit dir wie zu deiner Mutter?“, fragte er naiv.

„Um dies vorauszusehen, benötigt man keine Hilfe der Götter. Ich habe dies einfach kommen sehen“, übertrieb ich.

Etwas erschüttert war ich. Insbesondere, weil ich jetzt der letzte Nachkomme des Artus‘ bin. Ja, der Fluch hatte sich erfüllt, und die Kinder meines Großvaters starben, wie vorausgesagt, durch die Hände ihrer Abkömmlinge.

„König Etzel hat mich gebeten, Brandenburg zu übernehmen. Was wird mit euch? Ohne einen Mann“, fragte er.

„Mach dir um mich keine Sorgen. Die Götter haben Gutes für mich im Sinne, und einen Mann habe ich nicht nötig“, lächelte ich zum Abschied und stieg ich in den Wagen.

„Seid ihr sicher, dass ihr wisst, was ihr tut?“, waren seine letzten Worte zu mir.

Ich winkte nur und fuhr, ohne zurückzublicken. Zwei Tage danach kamen Schenk, meine Hunde und ich in Breisach an. Die Frische blies erneuernd die Felder, und im Gepäck waren die Truhe mit den Intarsien, die Mutter so gerne hatte, und ihr Rezeptebuch für Bier und Tränke. Dort waren der Ring der Liebe und die Statuette der Freya mit ihren zwei Katzen.

Hache wurde über unsere Ankunft informiert und ritt mir entgegen.

„Dein Brief hat meine Ehre gerettet. Wie sollte ich mich je dafür bedanken?“, fragte Herzog Hache.

„Sieh mich nicht mehr so an, als wäre ich nur ein Mädchen. Ich wurde vor langer Zeit zur Frau“, sprach ich ihn ungeniert an. Mein Selbstbewusstsein blühte, und jetzt frei von Irons Gewalt und den Intrigen seines Bruders entdeckte ich meine wahre Identität.

Ich feierte fünf Tage danach meine Hochzeit mit Hache und richtete mich in der Burg ein.

Mit dem Titel der Herzogin übernahm ich als Erstes die Aufgabe, einen Gebetsort einzurichten. Ich ließ die Statuette der Freya auf der Opferstätte platzieren. Im Altar, wie es Brauch bei den Katholiken ist, ließ ich in der Geheimschublade den Ring der Liebe einmauern. Dieser wurde von Bolfrianas toter Hand genommen. Keiner sollte ihn je wieder zu Gesicht bekommen. Das Leiden, das die Herzenswärme begleitet, schien mir ein zu großes Pfand für die geringe Freude, die damit verbunden ist.

„Welchem Schutzpatronin hast du diese Kirche gewidmet?“, fragte Hache.

„Das ist die Heilige Magdalena.“ Sie war für die Katholiken ein Symbol der Liebe.

Für die Frauen, die enthaltsam leben wollten, richtete ich ein Kloster für die Heilige Maria ein, die meiner Gefjun entsprach. Den heidnischen Zusammenhang kannten nur die Eingeweihten, und sie versprachen bei der Aufnahme, dieses Geheimnis niemals preiszugeben.

Zuletzt musste ich mich um meine Stabilität kümmern, und dafür sind Vertraute notwendig. Schenk begleitete mich bis zu seinem letzten Atemzug. Als er starb, war sein Haar so weiß wie die Wolken am Himmel.

Eine Kapelle wurde dem heiligen Franziskus gewidmet für alle, die um Schutz für ihre Tiere beteten. Ein lokaler Künstler malte unser stilisiertes Wappen mit den zwei Hunden und dem Habicht auf den Altar. Ich war auch zufrieden, den Wisent gerächt zu haben, indem ich Waldemar vergiftete. Ich hatte nicht erwartet, dass Onkel dies gegen meine Mutter nutzen könne, aber ich zahlte ihm in gleicher Münze. Ich schrieb an den Inquisitor einen anonymen Brief und nannte alle Details seiner Beziehung zu Truchsess und den tragischen Tod der Herburg. Zum Teil fühlte ich mich schuldig, weil ich dem armen Praktikanten der Mönche nicht helfen konnte.

Ja, der Fluch hat beide Söhne des Artus ums Leben gebracht. Meine Geschichte wird nicht weitererzählt werden, da eine Frau, die tut, was ich getan habe, in diesem Land niemals Gnade erfahren wird. Jedoch schreibe ich diese Zeilen, damit in der Zukunft jemand erfährt, was wir erlebten.

Ob der Ring der Liebe je Macht über die Menschen besaß, oder ob diese sich das lediglich einbildeten, ist mir nicht bewusst.

Was ich weiß und für immer darüber schweigen werde, ist, dass es nach mir keinen Nachfolger der Artus-Linie mehr geben wird.

Am Ende des Tages

Ich las die eingescannten Seiten ein weiteres Mal. Ich überprüfte meine Übersetzung, und am Ende des Tages stützte ich den heruntergefallenen Kiefer mit meiner Hand.

Ich habe nicht erwartet, ein zu unserer Moral passendes Szenario zu finden. Eigentlich waren alle Versionen, die ich von dieser Sage kannte, voller Tiermorde und männlicher Prahlerei, die beschreiben, wie sie mit einer Hand den Körper eines Feindes durchschneiden. Jedoch das Tagebuch einer Mörderin war zu viel für meine Erwartungen.

Ich fröstelte in der Vorstellung solcher Texte und las die letzten Zeilen meiner Übersetzung, absolut davon überzeugt, dass ich dies mehr erträumt als gelesen habe.

Ich nahm die Archiv-Nummer und ging entschlossen hin, um die Echtheit der digitalisierten Dokumente zu überprüfen.

Auf dem Weg zum Archiv traf ich Gerdi, die mich keines Blickes würdigte.

„Hey, Gerdi. Das Manuskript enthält mehr als nur die Sage von Markgraf Iron“ rief ich ihr nach und nieste aufgrund des japanischen Frauendufts, der meine Nase durchdrang.

Sie drehte sich etwas irritiert zu mir um.

„Ich habe keine Zeit, dir zu helfen. Wann kann ich eine Zeichnung oder irgendetwas sehen? Der Eingang muss nächste Woche fertig werden. Wenn mehr da ist, kürze alles ab. Kein Besucher interessiert sich für lange Geschichten“, schnaubte sie.

„Aber Gerdi, das versuche ich dir zu erklären. Das Manuskript allein ist eine Ausstellung wert. Wir könnten mehr daraus machen“, versuchte ich mit Vernunft zu argumentieren.

Gerdi hob ihre Augenbrauen und wackelte mit ihrem Zeigefinger nah an meiner Nase.

„Ich könnte mir nicht verstellen, dass du ehrgeizig bist. Aber vergiss es. Ich bezahle dich nur für die sechs Zeichnungen. Von einer ganzen Ausstellung ist keine Rede.“ Gerdi ging ohne Pause. Der Inhalt der Dokumente interessierte sie nicht.

In diesem Moment überlegt ich mir, wie hätte Isolde die Schöne reagiert und antwortete Gerdi:

„Ich wollte nur sagen, dass das, was du bestellt hast, fertig sein wird“, rief ich laut, und sie winkte zufrieden. Ich lächelte und dachte, *„aber das hier behalte ich mir für meine eigene Ausstellung vor.“* Brisingamen kam nur in Zusammenhang mit dem Ring der Liebe, den Isolde in ihrer Geschichte erwähnte.

„War Isolde eine wahre Person, die ein Tagebuch verfasste, oder eine idealisierte Figur eines Schriftstellers des neunzehnten Jahrhunderts?“[30], fragte ich mich.

Der erste Tag dieses Projekts ging zu Ende, und die Originale habe ich nicht im Archiv gefunden. Aber einen Ring in einem Altar einer Kirche in Breisach zu suchen, schien mir eine bedeutende Aufgabe zu sein. Einen Sponsoren dafür zu finden, sollte nicht schwer sein.

[30] Die Kirche insbesondere tritt hier als Mäzen auf und eliminiert die Rollen der Frauen fast vollständig. Die Heldenrolle war nur Männern zugestanden.

Wo das angefangen hat, bin ich mir nicht mehr sicher, aber wo das enden wird, davon kann ich nur träumen. Bei so vielen Göttern und Göttinnen wird es einen geben, der mir das Verschweigen dieses wertvollen Manuskripts für diese Ausstellung verzeiht.

Weitere Veröffentlichungen des Autors

Deutsche Romane

Altreia, Drama, 1998

Geheimnis der verdorrten Rosen, Mystery, 2009 Reimo Verlag*

Virtuelle Liebe, Kurzroman, Thriller, 2016 *

Paloma, Kurzroman, Thriller, 2016 *

Die Muse, Kurzroman, Erzählung, 2016 *

Post-mortem Kino, Roman, Drama, 2016 *

Die Heilerin – das Licht, Roman, Thriller, 2017 *

Geheimnis der verdorrten Rosen, Mystery, 2017 (neue Version)*

Der Zauberspiegel des Eros, Roman, Thriller, 2017 *

Das Tal, Roman, Thriller, 2017 *

Jahreszeiten der Sünde, Roman, Thriller, 2018 *

Sein letztes Opfer, Roman, Thriller 2020 *

Wieland der Schmied, Volksheldensage, 2020 *

Hildegundes Sage, Volksheldensage, 2020 *

Die Heilerin – das Dunkel, Roman, Thriller, 2021 *

König Rother, Volksheldensage, 2021 *

Drei Drinks zu Weihnachten, Kurzgeschichten, 2021 *

Englische Romane

Virtual Affairs, 2018 *

Paloma, 2019 *

Earl Rasnov's Bloody Soiree, 2019 *

Paul Riedel / Markgraf Iron

Three Toasts for Christmas, 2021 *

Deutsche Hörspiele und Comics

Madame Marouschkas letzter Auftritt, 2021

Weihnachts-Premium-Pack. 2020

Roberta, 2020

Die Muse, 2019

Paloma, 2018

Virtuelle Liebe, 2017

Kunstkataloge

Geliebter Vater, 1995 *

The New Artist, 1996 und 1997

Liebe in Stücken, 2009 *

Kunstkatalog, 2010

Liebe in Stücken, Edition II, 2016 *

Kunstkatalog, 2017 *

Kunstkatalog, 2018 *

Kunstkatalog, 2019 *

Kunstkatalog, 2020, *the man inside**

(*) Gelistet in der Deutschen Nationalbibliothek